「明日の王」詩と評論

草森紳一／嵩文彦 共著

未知谷

「明日の王」詩と評論　目次

詩　嵩文彦　7

父

「明日の王」詩と評論

詩

嵩文彦

『明日の王』一九八二年

1　赤い血の少年たち

大地を緑に染めて
キャベツが増殖する
怒張する葉脈
搏動する緑色の脳髄
キャベツは凡庸な風景を巻き込んで

限りなく肥大する
その一面の増殖するキャベツ畑に
大きな鳥の卵を降らせるのは
天の父だ
肥大するキャベツの間を巧みに逃れて
少年たちは駈け廻る
彼等の頭蓋骨が卵殻を砕き
彼等自身を黄味と卵白で光らせるために
どこまでも増殖するキャベツ畑の
やがて取入れ人となるために
赤い血を保つために

2　明日の王

深い緑の藻が繁茂している川を
清流が一杯に流れている
その流れを深い緑色の魚たちが
一斉に溯ってゆくのである
魚たちの骨は白く透けて見えている
緑色の肉の中で螢光を発しているのである
私は突然女のことを思う
女たちの赤い肉を透かして
白い骨が見えるのである
私たちが交わる時
私たちの骨が肉を通して透けて見えるならば——

私は川面から目を上げて
家の方を見やる
母が重い関節を引摺って
薬草を調合しているはずだ
父は居ない
父は錆びた鋏の下で眠っている
父の墓は古びた字引の中にある
その上に錆びた鋏が乗っているのである
父は重たそうに寝返りを打つのである
私は家に寄らずに
川口へと歩む
海は波立っていて
継ぎはぎ服の男が
羽根の折れた水鳥の調教をしている所だ
男は明日はこの地の王となろう

錫杖を持って村々を巡行しよう
私は男の後に従って
溯ってゆく緑の魚たちの行きつく所を
見極めてきたい

3 市場

頬に紅を差して
褐色に崩れた皮膚を隠した女が
坐っている
女の上を雲翳が這ってゆく
病弱な精霊がこそっと四辻で
つむじ風を起している
そんなちっぽけで
さむざむとした風景を背にして
少年は巨きな拳玉に熱中してみる
市場の片隅で商いをしている首のない男
それはきっと少年の昔の父で

あの腐った林檎の女は
少年の母だ
あるいは港から
精液の臭いをさせて駈け登ってくる男
それはひょっとして少年の若い父親
その時女は僅かに傾ぎ
内部から発芽しはじめている

4　日めくり

その街はいつも赤く染っている
夕陽に照らされているのではない
侘しくも淋しくもないのである
朝日に照らされているのではない
瑞々しく輝いてもいないのである
ただ平静に赤く染っているのである
ランニングシャツの少年が駈けてゆく
雑貨屋に父親の煙草でも頼まれたのだろう
少年の肝臓の中を
輪まわししながら駈けてゆく少年がいる
勿論彼も赤く染っている

まむし屋の看板も赤い
平穏に光っている
陰気ではないのである
空だけはどこまでも青い
深い深い紺碧である
大空に大きな男の白い臀部が出現する
男は赤く染った街の上に屈まったのである
街はひんやり涼しくなるのである
男は屈まったまま
日めくりを幾枚となくめくっている
それらは風に乗って赤く染った街の上を
ゆるやかに漂うのである

5　冬日

無数の巻貝が凍空を飛んでゆく
床屋のねじりん棒の脇に
血のついた大きな耳が落ちている
さびしい町の四辻である
一塊の海が飛沫を上げて廻っている
小魚が踠いている
白い腹をくねらせている
それをじっと見詰めている網を手にした少年がいる
凍空を飛ぶ巻貝の数はどんどん増えている
一斉に揺れている磁石の針
少年は泡立つ海を見詰めたままだ

少年は背後に何ものかの重い視線を感じている
きっと大時化が来る
少年は予感する

6　図像

少年は立ち止って前方を凝視した
肩の高さで鈍く光っている背後の沼
少年の背部は拒絶する
その沼が密かに胸に滲み入ることを
幽かな胸の動きが
沼の水面を気附かせぬ程に揺がしたが
少年の左肩に聳えている猿人の岩々
少年の右肩で佇立する神経の樹木
左眼の高さで少しも動かぬ滝
右眼の高さで届かぬ鐘の音を響かせる尖塔
その下に屈まっているくすんだ集落

失せよ故郷
少年は心の中で発語した
開き切った眼球に滲んでくる涙滴
その涙滴を拭う
見えない私の手
瞬時　少年は扁平に罅割れ
古びた一枚の画布となって
風景の中に貼布される

7　火の山に向って

馬は振り返って私を見る
私はお前について行くだけだ
眼鏡はとうに毀れてしまっている
私にはお前のたてがみと
そばだって敏捷に動く両の耳しか見えないのだ
馬はなおも振り返って私を見る
隻眼の馬よ
お前の深い眼窩に沈む赤い沼を
私はどうしても避けられない
お前の意志が沼の水面を僅かに波立たせる
対岸へと滞りがちに揺らめいて伸びてゆく

私の影

沼の中には
私の母が寂しく棲んでいる
母の眼球をねぶり尽した私が
盲目になることを母に強いている
私は固く目を閉じて
水面を渡る時鐘の音を待っている
それはきっと父が撞いてくれるのだ
隻眼の馬は草を食んだりして
私を促がしている
この草原を真直ぐに突切って
その果てにあるという
火の山に向ってみよう
共に身を焦がしてもいいではないか
風が来る

馬は草を食むのを止めて
首を上げ
光の滴を喉深く受けた
遠く遠く噴煙はたなびいているのであろう
隻眼の馬よ
火の山に向って私たちは
影よりも早く駈けて行こう

8　屈まる男

膨満した男たちが腹部に木筒を当て合って
互いの胎児の心音を探っている
僅かに胎動する手足の短い鯰
安堵する男たち
吐息が男たちの背後を慰撫すると
澱んだ室内をうねうねとうねる
泥鰌の群
鈍く明るい障子を
その影たちが墨流しに染める
近視の男は頑なに
腹部を抱えて屈まっている

黙している男の胃袋で
緩やかに融解してゆく白葱
男の頭蓋に拡がってゆく蓴菜の沼
猫背の少年の一擲の石が欲しい
澱んだ水面が大きく波立って
膨満した男たちは溺死して欲しい

9　水槽

遠くまで歩いてみたい気がする
朝はいつも僅かながら男を促がすのである
男は昨夜の手紙を持って下駄を突掛ける
薄汚れた商店の前に空地がある
そこに何時の間にか水槽が置かれているのである
薄暗い水の中に男の背中が見えた
裸になって服を着ようとしているのである
女は男の脇に立って僅かに腕を動かした
こんな澱んだ水槽には
大きな鮫が廻游していなければならぬ
今しも男の肩に牙を剥き

血が煙のように濁った水槽に漂わなければならぬ
春ならば満開の桜が散りしきらねばならぬ
花弁に埋れた水槽は柩のように艶やかであろう
みんな怠惰に暮したっていいのである
水槽の男は皺のない下着の上に乾いた背広を着て
平静な歩巾で歩み出すのであろう
下駄の男がもっと歩きたいと思っていると
もうポストに着いてしまっている
手紙はいとおしまれながら闇の内腔に消えるのである
不思議に電信柱の下ではいつも
赤い大売り出しの旗がはためいている
野良犬が一匹でも寝そべっていれば
幾らかでも温もるのであろうが
男は満たされぬ思いのまま
自からの水槽に向って戻りかけるのである

10　スキップ・トリップ・トリップ

男は縞々のパンツを穿いてみる
縞々のズボンを穿いてみる
そうやって軽快に
螺旋階段の手摺りに股がって
滑り降りてみる
どこまでもどこまでも降りてゆく
「眼窩に拡がる葡萄棚
憎形の鳥が降り立ち
爛熟する累卵の房々を啄む」
男はなだらかな丘の上に立っている
立ったまま固く抱擁している

二人の男女が見える
大きな白い卵子が輝いて
女の腰部を照らしている
太くはないがしっかりとした腰だ
固くて白い骨盤が
赤い筋肉にうずもれている
細くて高い一本の煙突から
薄っすらと白い煙が立ち登っている
人が死んだのであろう
明日人は生れるであろう
男は丘をスキップしながら降りてみる
男の腸管はうねうねと踊る
そのうねうねとした腸管の中を
ゆったりと流れてゆくキャベツの繊維
「望楼に登って遠くの野火を見ていた

女が尻を捲ると
川を渡った
牙のある大きな魚属は立腹して
女を引裂いた
魚属よ　お前も女から生れたではないか」
男は便意を催して
太くて固い野糞をした
男の肛門は丈夫ではない
男は町の方向に痛々しくスキップして急いだ
傾いだ銭湯の前で
臍のゆがんだ旋風が舞った
男は熱い湯で
切れた肛門を叮嚀に洗った
洗いながら
ひっそり愛している女の肛門のことを思い

少しばかり淋しくなった
それから
どうやって片目の猫のいる家に戻ろうか
思案した

『倒立する古い長靴のための緻密な系統図』一九七八年

自我のベルト

僕は生きている
一筋の陰萎の側溝
道路脇の怠惰などぶ
溝の北側のタンポポは既に花を咲き終えて
冠毛が風に飛んでゆく

年老いた良心よ
溝の南側のタンポポは今が花盛りで
その向うにトラック運送店の風呂場が
音も無く建っている
溝の横にはバス停があり
七十円手に握って立っていると
定刻を過ぎてバスが来る

僕はどぶの中でもえるかぼそい燐光
糞臭い銀河系の一個の貧弱な惑星だ
ポケットのごみにまみれたコンペイトウ
僕は黄ばんだ一枚の粘膜
風にはためく貧血のシーツ
僕は赤茶けた一本の筋肉
亀裂したゴム管から滲み出るかすれた等高線

僕に銜えられて運ばれる僕の一本の脛骨
僕に埋められてしまう僕の一本の脛骨
誰かに銜えられて運ばれる僕の一本の脛骨
誰かに埋められてしまう僕の一本の脛骨
何処に埋められるんだよう
忘れられてしまうんだよう
土になってしまうんだよう
長い長い時間が過ぎるんだよう

僕の肋骨が搏動する僕の心臓を押え込む
常にワザあり優勢勝!!
僕の肋膜が脹らむ肺を執拗に閉じ込める
あ!　おまけのゴム風船に危機訪れる
飛び散る汗のような馬よ
僕は鍋底で煮凝るカレイの切身の食べ残し

灼熱する岩漿よ
僕はバケツの縁で沈鬱に考える人となる一枚の雑巾
直立する鮭が骨太の腕となって遡上する氾濫する森よ
僕は歪曲したフイゴだ
蛇行する炎が凸凹バケツに屈まって息絶える
僕はウツボカズラの袋の中で優しく消化されてゆく昆虫
ドジなのである
トシなのである
いささか同情を引くのである
生起した礫木が白く輝いて丘を下ってくる
Ecce Homo !
港の見える丘である
いつも女が絡んでいるのである
漂泊の人なのである
謂わば流れ者である

彼の芸術は素晴らしいのであるか
海岸では蟹と戯れている少年がいるが泣き濡れてはいない
少年はしたたかである
少年は詩を語らないが寂しい時がある
少年が口を開けると
虫歯の治療薬の匂いが漂ってくる
冷たいリノリュームの廊下にぴたぴた響く
スリッパの音が聞えてくる
女の先生はとても優しくて
少年の虫歯の穴を埋めた金属はキーンキーン
はい　もうお仕舞よ
少年はちょっと寂しく安心する
さようなら少年よ
老いたる父よ
遠い遠い僕の父さん！

先生！
僕が安らかに死んでゆけるのは
どう見たって十分年老いた時だけです
先生！
どうか僕を不死身の鉄にシリッして下さい
くわしいくわしい精メス検査をお願いします
イカヨウでありますか
胃カヨウではありませんか
どうか僕を運命の脱腸帯から開放して下さい
工務店のおじさん
僕の風景の窓枠を取っ払って下さい
窓枠が何でもかんでも勝手為放題
絵にしてしまうんです
これはひどいことです
だめです！　いけません！

他人を当にするのはいけません！
そんな依存心の強いことではどうするのです！
自分でおやりなさい！
自分でおやりなさい！
自分でおやりなさい！
僕はちろちろと炎える陽炎の舌にねぶられる
壊れた野菜小屋
僕はぬくもった畑で一人にんまりしている肥壷
ぶよぶよの象の表皮が隠す
馥郁たるマグマ
豊饒の渾沌の暁の夕闇の日盛りの太陽の黒点の変異
僕は糞のついたボールを追って走る
（補）野球少年
（補）ってキャッチャーじゃないんですか
僕は恥かしい思いをする野球少年

僕の存在を僅かに証明する腹痛よ
いとしい胃痛よ
僕の存在を笑うくしゃみと鼻水
咳と痰　いねむりの涎
ごみと一体をなす黒い黒い鼻屎
まるめてポイ
胃カタル　鼻カタル　大腸カタル
気管支カタルに脳カタル？
僕を具体的に形成するさまざまのカタルよ
流れ出る粘液質のものよ
僕はねばねばと生きる？
僕はでろでろと生きる？
僕の内部で腎虚のウグイスが声を立てる
脾胃虚　脾胃虚

これが意外とうるさいんだ
耳障りなんだ
ヤキトリにしてしまうぞ！
僕の内部に必要なのは一人の市民である

僕は老いやすい少年
空白のスピーチバルーンを追掛けて
少年雑誌のページの波を縫って姿を晦してしまった
僕は老いやすい少年
反跳する記憶の球体を追掛けて
タバコ屋の角を曲って　雑木林の向うの
ぼんやりした風景の中に消えてしまった
僕は老いやすい少年
飛び散る乾いたヒマワリの実に訪れる
復讐の時刻を待ち過ぎてしまった

雲はどんどん流れていった
僕らの供出したカボチャの種は
ドッジボールの球になったんだっけ
くすんだ草色の
布製のグローブとミットになったんだっけ
たった二つのグローブとミット
ボールは石ころに布を巻きつけ
糸で縛って作ったりして
いつも三角ベースで
選手は五人か六人
キャッチャーはいたりいなかったりして
残酷なリヤカーが広場をどんどん遠くへ運んでいった
ジャングルジムの向うで
グリコの箱のおまけのオモチャと一緒に
どっかどんぶりはしのした

母親たちが子供たちに乳房を含ませている
穏やかな午後がある
男の口唇が子供たちの乳房を奪おうとする
静かな夜がある
塩をもって痛い痛い少年の傷口を洗え
果敢にも少年は板のベースに手から滑り込み
釘で掌を裂いたのだ
塩をもって疼く男の頭蓋の亀裂を洗え
うす青い空が見える
マッチ箱が乾いた道に落ちている
虫眼鏡を持った少年が近づいている
間もなく少年の細やかな実験は成功する
小さな炎が消えると
男の頭蓋も静かに閉じるだろう

油焼けした音符が甲虫の腹部で孵化しはじめている
鰓を動かして乾いた空を過ぎってゆく
萎びたオレンジ状の天体がある
なめくじの口吻から溢れる紅色の歯磨粉が
甘い匂いをさせて泡立った
埃りっぽい光の中を扁平な顔の風が飛翔する
臍窩から洩れ出る糠味噌臭い鼻声音
オットセイが欠伸をすると見えてしまう
奥歯に挟まった街並
美徳は恭順な背部に食卓をしつらえた
僕は転落する豆粒
一粒のナットウ
糸を引きつつ星の速度で
天の涯から地の涯へ
僕の存在は何処だ

僕の存在の闇めがけて転落する
垂直の姿勢で降り立つのは宇宙ロケットの話であります

君は嘗て肥溜に落ちた少年ではなかったか
君はからくも救助された運の良い一人の少年だった
空っ穴運のない男だっているのだ
君は運がいいんだぞ
でも　たった一回しか生きれない僕
ああ　たった一回しか死ねないんだ　僕
でも君はカマキリの雄ではないのだ
贅沢だぞ　君
ランニングの少年は少し大人っぽく言った
自我のベルトをきりりと緊めてみようか
自我のベルト　太っちまってよお
中年のおじさんは校庭を走った

沸騰する子供たち
でも彼等は意外と冷静なのでは？
お母さんはマシュマロ喰い競争に参加して
顔をメリケン粉でまっ白にさせてゴールインします
神父さんはゆっさゆさ
$80kg < x < 90kg$
の重量に耐えて走ったのです
$\lim_{n \to 0} \frac{1}{n} = \infty$
$\lim_{n \to \infty} \frac{1}{n} = 0$
自我自我自我
イッヒイッヒイッヒ
少年は皮肉な笑いを笑いました
少年が僅かに傾くと
秋の空も僅かに僅かに傾くのです
父のハンマーが欠伸のように歪んだ夏よ

うす汚れた捕虫網に絡んでいる夏よ
物置に立て掛けられている痩せ細った夏よ
明るさをめざそう
これが生命だ
存ることに留まっているのはたわいないことだ
存在が即ち変化である雲よ
言葉にするともう真実から遠退いてしまうものよ
と言ってみよう
Hosanna !
Oh ! Susanna !
憧れの人よ

僕の脳は揺れる
脳漿の水平線が幽かに揺れる
蜃気楼が見える

逆立ちの街並が見える
狡猾に僕の鷗たちが魚たちを追っている
僕の天球は廻る
青白い光に包まれて
時々丸い交通標識のようにジッとしている
僕の天球

小さな小さな僕の天球
休息はどうしても必要だ
伝表の裏側の空地でビール瓶が絶望している
彼にも訪れるんだ
初老期鬱病
もう私の人生はお仕舞いだ
毀れた惑星を深く穿鑿する浚泄船が
シグナルに繋がれて草を食べている
明るい昼の森に向って放尿する男がいる

あれは僕の父さん
紺の制服を着て挙手の礼をする僕の父さん
ギターを奏きながら遠くへ行ってしまった父さん
父さんは駅前のキイコーヒーでも呑んでいるだろうか
便所に寄ってからコーヒーを呑みに行ったかな
戸の奥からは思わぬ発車の合図
それは遠く旅する人の存在の証しだ
父さんはコーヒーを呑むと近くなる
だから存在の証しに近くなる
誰かキイコーヒーなんてって必ず言うぞ
あれは通のコーヒーでないんだからって
父さんは僕の前で鼻屎ほじったりするが
だから僕も真似をして鼻屎をほじったりするが
他所の人の前ではやらない
コーヒー呑みながら何をしているだろう

ギターを奏きながら遠くへ行ってしまった
僕の父さん

灰と未来を黙って約束する石工の兄さんは
故郷の崖に穴を穿っている
死が透けて見えなくなる程に明るい
原っぱに貫通することが可能ならば
きっときっと細長い
じゃがいも畑に出るだけなんだ
隣りに赤クロバーの畑があって
蜜蜂が飛んでいる
僕は蜜蜂の羽音を恐いと思う
勇気を奮い起して赤クロバー畑を突っ切ろうとする
バラ線を潜って
じゃがいも畑にでる

お父さーん

痩せた泥炭質が身を強張らせて草木を拒んでいた
口臭に咽ぶ朝の太陽
自虐すると嬰児の泣声がした
腐敗した臼歯が転がってゆく舗道
泥にまみれた新聞紙がごそっと身を起こそうとした
ポリバケツの隅で乳首が湿った乾パンをしゃぶっている
眼脂だらけの眼球は包帯をよじらせながら転がり落ちた
萎びた雲は褐色の尖塔に架ったままだ
フレーメン
前歯を剥出して笑いを作る一匹の孤独な馬である街
いそぎんちゃくにぶ厚い耳介を増殖させる地下室
充血した臍帯の粘性の軌跡の向うに
痩せた終着駅をぶら下げた虹が

既に我々の列車は世紀末の橋に向っている
再び我々は生存者として登場が可能かどうか

時折　球状の母は兄弟を分娩している
柔らかな生命だ
歪曲した柩の髪を梳く櫛の歯は順々と欠け落ちる
弔鐘を鳴らす紐が瓶の中に隠れて叫ぶ
堆積した悟性に忍び寄るのは
細やかな地象の時刻だ
空間は人の中に生れ
空間は人の中で死に絶える
人は空と言えば
明るい空を想像する
捩れた卵白は空を飛ぶ羚羊の腸だ
とても明るい昼餉の時よ

我らの世紀
疾走するまっ黒いフィルムのコマ送りの窓
冒険の空に果てようとする虹彩は
火炎に包まれた馨わしい空間だ
僕の絶望は煤けた時刻表の画鋲の跡だ
何故　僕は些かの躊躇いもなく
今日も眠りにつくことができるのか
空地で色褪せているビタミン剤の空箱
無限に縮んでゆくカメラのファインダー
ペダルを踏むと黄色い風景が揺れて遠退いてしまう
無限に拡がってゆく少年の瞳孔
褐色の虹に截られる果敢ない冒険の海図
永遠の溜息に促された少年は
死と存在の森に向って既に旅立っている
僕は茶匙一杯の骨片

カチカチの一片のコッペパン
罅割れた朝の太陽
さようなら　自由の精神
さようなら　一杯のコーヒー

『父』一九八一年

通過する者、または留まる者

私たちは川に沿って元気よく歩いた
太股までびっしょりと濡れた
思い切れば
濡れることも心地よいことだ
岸辺の草は流れに翻弄されている

川面は沸き立っている
私たちは立ち止ってしばらく休んだ
立ち止ると　私たちと岸辺が
下流へ下流へと流されてゆくように思われた
私たちは樹間から山の頂を眺めた
蒼空の中に屹立する骨太の脊髄
私たちは頂上に立つだろう

父は留まる者か通過する者かを選べ　と言われた時
黙って父親のもとを去った
父の目の底で
いつまでも揺れ続けている
黒いもの

木の葉の上で水滴が光っている

私は静かに片目を近づける
一滴の雨の中に森が充溢している
その充溢した森の中で
父は徐々に滲んでゆき
私の球型の視野から姿を消す

長雨にけむる森で地誌を書きついで来た
父はいつまでこの地に留まるつもりであろうか

『生きてゆくということのなつかしさ』一九九〇年

金玉プリプリ

トラ猫タンゲ君へ

片目のトラ猫
シッポ　ピンと立て
金玉プリプリ歩いてゆくと
エノコロ草の穂ゆらゆら
木陰で僕たち

愛し合ってもいいな
空があんまり青すぎて
一点の雲もなくて——
それで二人して
息をひそめていると
何だかおかしくなって
クスクス笑ってしまう
トラ猫　ヒタと立ち止り
耳をピクピクさせる
そのたび　トラ猫
どんどこどんどこ入道のように
僕たち　金玉の谷間に
挟まってしまう
くすぐったくて仕方ないから
抜け出して

川の方へ走って走って

『生きてゆくということのなつかしさ』一九九〇年

春が近い

健一郎へ

ケンの持ちものは
みんな放浪性があっていけない
父親はいつも
流浪と定着のあわいで
悩んでいるというのに

放浪ひとすじ
一直線
大事な飛行機は
格納庫から脱走してきて
茶の間のまん中で眠っている
湯たんぽは畳の上にころがって
だみ声で
じーん
じーん泣いている

春が近いんだよなあ

羽根の折れた水鳥

嵩文彦の詩に氾濫する「父」なるものを頭に（心ではなく）
念じおきつつ、詩画集『明日の王』の評釈を試みる

草森紳一

大きな鳥の卵を降らせるのは
天の父だ
肥大するキャベツの間を巧みに逃れて
少年たちは駈け廻る

「赤い血の少年たち」

「天の父」という言葉が、右の詩行の中に、はめこまれている。

天には父と母がいて、そのうちの父、というわけであるまい。「天の父」の「の」は、イコールの符号である。天が、父なのである。「天が父」である。天にいる詩人嵩の亡き父ではあるまい。

さらにいえば、父なる「天」のことで、天命思想の中国流に人称化していえば、絶対なる天帝のことだろう。天帝とは、姿なき宇宙の主宰者への尊称である。

だが、絶対なるものへの尊称といえ、人称化の可能性なるものは、とかく危険なのである。漢代、公羊《くよう》学者の董仲舒《とうちゅうじょ》は、皇帝の絶対権力を保証する思想（儒教を国教とする）を用意したが、そのパワーの過剰を制御をするため、皇帝の上に「天」を置いた。天の命令によって王となった皇帝が、もし横暴を働くならば、この世に災異がおこるという思想である。

天が皇帝（の統治）を怒る（天譴《てんけん》）、天が皇帝に懲罰を加える、その現れとして、地震や台風や冷害があるとした。場合によって、大乱も「天譴《てんけん》」とみなす。「怒る」以上は、「天帝」も大乱も人称化されても、しかたない。

嵩文彦の詩には、『明日の王』とかぎらず、初期の作品から一貫して、「父」なる語が（他に「少年」も彼の常用語である）、頻出していた。いや頻出というより、自然なまでに溢れでて、しかもしつこい波の打ち返しに似る。読者からすれば、彼の意識無意識から奔出する「父」なる語から響いてくるものは、愛訴の声のごとく、また恋闕《れんけつ》*の声にも近く、或は呪詛の声の如きものである。

＊ 恋闕　宮城を恋しく思うこと。君主を思うたとえ。

この「父」なるものと、「天の父」は、どうかかわるのだろうか。これまで、「天の父」のような使用法を彼は、あまりしてこなかった。彼の「父」は、「天の父」に昇格されていなかった。

あの世へ去った父であっても、絶対の「天の父」でなかった。いや、嵩文彦にとって、この世の父も、あの世の父も、絶対の父として立ちはだかっていたのかもしれない。

「父」なる漢字は、斧を手にもつ人間の形象である。一家や一族を率いる家長の姿をあらわしている。と解釈されている。古代の王は、その地位と指揮権を示すものとして斧鉞《ふえつ》を儀器として用いた。故に家長たる男親の「父」も、王の権威に順じたという解釈もある。しかし、逆に家長たちを統率する王が、真似たともいえるだろう。原始狩猟時代を考えれば、王より家長のほうが先である。

しかし、天への階段を家長より王のほうが、高いところを昇っている。その王よりも高いところにいるのは、皇帝である。皇帝は天の代行者だが、ここまで人称化していくと、天も天帝天后となり、男女の性差が生じる。

嵩の「天の父」は、「母なる大地」に対応しているのだろうか。それとも嵩の「父」は、昇天して「天の父」となったのだろうか。私は気になってならぬ。

もうすこし、こだわって遊びたい。「父」の漢音は、フかホである。だが、和語としては、チチである。どうして父親をチチと呼ぶのか。母親をハハと呼ぶのか。対なるものとしてひとまとめにされた「父母」は、フボとも呼ぶが、チチハハとも呼ぶ。しかし古代の日本には「母父」という書きかた、呼びかたもあって、「父母」のそれより早いといわれている。父より母が上におかれるのは、母権時代の名残りで、父権の中国思想が入ってから、上下が逆転したからだともいわれる。

人間がものごとの「上下」を気にすることは、たしかだ。日本が「日中」といえば、中国は「中日」という。「早慶戦」は一般化した言いかただが慶応の一部の馬鹿は「慶早戦」といいかえたりする。下では負けで縁起が悪いというわけだ。「易経《えききょう》」では、下は天に向い縁起よしとする。古代人も上をよしとしたのか。

嵩が「大きな鳥の卵を降らせるのは」「天の父だ」と歌う時、その「父」は、当り前のようにルビ抜きにしているが、やはり、「チチ」と呼ばせるつもりなのだろう。漢音に統一して「天《てん》の父《ふ》」ではなく、和音に統一して「天《あめ》の父《ちち》」でもなく、両語混淆させて「天《てん》の父《ちち》」と読ませるつもりだろう。この「天の父」は、「太陽」のことかもしれないが、それ以上に伸幅の自在な大いなる「父」なのかもしれない。限定から絶対までをふくむ「父」である。

「天の父」という詩語のある「赤い血の少年たち」は、詩画集『明日の王』(昭和五十七年)の中の一詩である。表題となった「明日の王」という詩の中にも、「父」はでてくる。

父は居ない
父は錆びた鋏の下で眠っている
父の墓は古びた字引の中にある
そのうえに錆びた鋏が乗っているのである
父は重たそうに寝返りを打つのである

ここでの「父」なる漢字は、みな和音の読みを要求していて、漢音（呉音）読みの請求は、一語とてない。だが、「父」なる文字は、たえず漢音を隠しこんでいる。人がフやホと読んでも嵩は文句を言わないだろうし、前後の文章の組み合せやルビの指示次第で、漢音の風貌を表面に浮上させて出撃する用意はできている。それが日本語である。あたり前のことながら、不思議な気がしてくる。

ここでの父をチチと読まずに逆らってフやホと読む者は、かなりの変人か気取り屋である。日本人が読みわけることの不思議さである。

四度、いずれも「父」なる語は、詩行の頭を飾っていて、チチチチと頭韻化、リフレーンされている。音だけでなく、視覚的にもリフレーンされている。リフレーンはクギを玄能で打ちつけるにも似て、しだいに訴迫してくる。嵩のこだわりを共有させられる。しかし「父」はだれにもおり、（父の不在をふくめ）、自らの父のイメージが侵蝕していく。これをもふくめて共有の父となる。この父は、おそらく「天の父」の父と同じではない。チチと和音で呼ぶのは、同じであるが、天の父ではない。

いわゆる現実認識（なんという錯覚であろうか。だが、この現実という錯覚をたよりに人間は生きていく）の中にある父である。チチ、チチ、チチ、チチと父に対して声をかけている。繰り返しは、呪術的行為である。嵩は、詩人は、もともと呪術家の領域の存在である。傲慢にも、その役割を忘れてしまっただけだ。嵩は医師である。医師もまた呪術家の領域の存在である。チチ、チチ、チチ、チチ。雀の囀りにも似ているが、舌打ちにも似ている。

「明日の王」の中で、観念の大旅行者である嵩が、「父」を想起し、「父」を登場させたのは、「深い緑の藻が繁茂している川」の清流を「深い緑色の魚たちが」「一斉に溯ってゆく」のを目撃したからである。

深い緑の藻がゆらめいている流れの中を（女の長い髪を連想させるイメージ）深い緑色

の魚の大群が溯上していく（まるで子宮に突進する精虫のイメージだ）。この動的な川のイメージは「緑」の色彩で、埋めつくされている。緑の色に敏であったソ連の映画監督タルコフスキー的な色彩設計をおもわせ、まるで目がつぶされてしまいそうだ。緑に緑がかさなるというコーディネイションである。しかも動いている。藻も魚も、色の類似だけでなくS字に動き、見極めがつけにくい。緑の騒乱である。「深い緑の藻」と「深い緑色の魚」である。「緑の魚」でなく「緑色の魚」なのである。川一面の藻は、嵩が発見（目撃）したイメージ、或は嵩のイメージの中にふと浮かんだ川のディテイルにすぎないともいえるが、魚のほうは、嵩の観念操作によって色があとで選択されている。だから、「緑の魚」でなく、「緑色の魚」なのである。魚に色を塗った犯人は、嵩である。

色を塗った時から、嵩の観念の窓は、開かれていく。詩行の隊列が開かれていく。視点が動いていく。詩人は「行」に呪われている種族である。緑色の魚の実相をもっと見極めたいという願望に燃えて動いていく。中へ中へと入っていくその運動の中で「魚たちの骨は白く透けて見えている」という透視が加わる。夢の変相である。これならば、緑の迷彩による悩みも解消される。白い骨の見える緑色の魚なのだから。庖丁の名人によって肉が剥がれ白骨となった魚が、なお泳いでいるわけでない。「緑色の肉のなかで蛍光を発しているのである」。エロチックな詩行である。

ここから、すぐ「父」へと導かれていない。「女」の介在が必要となる。「緑の藻」がまず「女」を触発するからだ。

私は突然女のことを思う
女たちの赤い肉を透かして
白い骨が見えるのである

この「突然」は、重要だ。はかない意識にとっての「突然」にすぎぬからである。ユング流の無意識たちは、川に、清流に、緑の藻の繁茂に、溯る緑の魚に、とりわけ白く骨が透けて見える魚の溯上に、情欲し、視姦していたからである。その無意識たちが、意識に信号を送った時、「突然」となる。

しかし、「女」は、緑の魚たちと同じく白い骨を透かし見せている。だが、「緑色の肉」の持主でない。なまなましい赤い肉である。

私たちが交わる時
私たちの骨が肉を通して透けて見えるならば――

「女」は、特定の女でない。ただちに川を溯上する「魚たち」と同じく、ただちに「女たち」へと置換されているからだ。女の群である。一斉に群をなして歩いていく女たちの行列。みな白い骨が見える。

私は、ここで、仏教説話の「小町変相」を思う。絶世の美女小野小町も、死ねば腐って白骨となるの図である。仏教にとって、愛は、諸悪の根源である。恋や愛の妄執を断ち切る指南として、小野小町が死んで腐り、骨だけになるまでをしつこく展開している絵巻である。

この説教図は、どれほどの効果をもったか知らないが、嵩の赤い肉の中なる白骨の女たちは、死んでいない。いきいきとした情欲の対象としての女たちが、そこにおり、諦念へのさとしなどない。

だが、この「女たち」と交わるのは、「私」でない。「私たち」へと転送されている。しかも「私たち」は、「男たち」でない。詩人の嵩は、「私」をすりぬけて（「私」からの逃亡)、「男たち」「女たち」、「人間みな」に向って疑問を呈している。性交の時、「私たちの骨が肉を通して透けて見えるならば」と。もちろん、赤い肉の中に白骨を隠しこんでいるのは、女だけでなく、男もだが、ここには、詩人の優婉なる冷笑の病理がある。心中の強制である。

時として詩人は、なぜ行儀よく並列した詩行の段を急に落したりするのだろうか。嵩は、つぎの三行に対して、カタンと段を落すのである。まるで陥し穴にでも落ちたかのように。「私」を「私たち」にしたことに照れるかの如く。

私は川面から目を上げて
家の方を見やる
　母が重い関節を引摺って

あたかも、ハタッと夢想から醒めたように「私たち」からすぐに離れて、「私」へと戻っている。そのための二段落しである。その指示に対し、読者としてなぜを胸に抱いて嵩の声に耳を傾けないわけにいかない。一般論と客観の神「私たち」の中へ紛れこんだ「私」

への罰である。*

＊　草森紳一がこの論考に用いているテキストは詩画集『明日の王』のものとは異なるものである。いかなる経緯でそれが彼の手に渡ったかは全く不明である。以後、彼にはそのテキストで論考をすすめてもらう。

罰として「女たち」から「母」が見えてくる。母もまた女だが、ただの女ではない。自分を生んだ女である。かくて詩の運動に、「私」―「女」―「女たち」―「私たち」―「母」という回路が生じている。

いや「母」の前に「家」の想起がある。夢想から醒めた証明として「川面から目を上げて」「私」に戻り、すぐに「家」を見やるからである。「川面」を眺めながらの夢想は、「家」にかかわっていたのである。この家は、実体としての家でもあるが、そこには、あらゆる抽象的象徴的制度的な「家」の概念や観念が重層化して沈んでいる。その家の中に「母が重い関節を引摺って」いる。

「私」にとって、「女」のはじまりは、「母」であり、母は、「家」の人なのである。その母が、なぜ「重い関節を引摺って」いるのか。年老いたからといっても、しかたない。この「私」は、「母」に、「女たち」の肉の中に「白い骨」を見た透視の火照りを引きずっているからである。「交る」女たちの一人でもある。白骨―関節は、解剖学的言語である。冷たい目というより、むしろ苦い許諾の目である。

だが、詩人嵩は、ここで、ピクンとあわてるように陥し穴から跳びあがって脱出する。行の段落を「薬草を調合しているはずだ」。と元に戻してしまうからだ。母を想起することにより、「父」があぶりでてきたからだ。家の主であった父。死して不在の父である。あわてるというより、姿勢を正し、あらたまったという感じである。

薬草を調合しているはずだ
父は居ない
父は錆びた鋏の下で眠っている
父の墓は古びた字引の中にある
その上に錆びた鋏が乗っているのである
父は重たそうに寝返りを打つのである

元に復帰した段行のトップは、「薬草を調合しているはずだ」である。この一行は、つぎの「父は居ない」をひきだす源泉である。だとすれば、「薬草を調合しているはずだ」の詩行は、内容的に「母は居る」と言っているのと同義である。

「母」なしで「私」は存在しようもない。「母」あらば「父」がいる。だが、その「父は居ない」のである。ここではじめて、「父」なるものが、どっとあぶりだされてくる。

「父」は、四度も、頭韻されている。そのため、チチ、チチと慕い、あの世から招喚している如くだが、内容は、それと裏腹に、甦りを防ぐかの如く「父」を封印している。父の墓は、「古びた字引」の中に閉じこめられ、甦らぬように「錆びた鋏」で重しをしている。四度も呼びかけられるのなら、眠りから目を醒めぬわけにいくまい。だから「父は重たそうに寝返りを打つのである」。「錆びた鋏」をとりのぞいたのでないから、封印されたままである。手錠をはめたまま、娑婆に呼びだされたようなものだ。封印したのは、詩人である。詩人は、つまり「父」を許していない。おそらく「重い関節を引摺って」「薬草を調合しているはず」の「母」も許していない。許していないとは、父も母も「私」の中に生きているからだ。死んだ父も、彼のイメージの中では、なお生きている。押し込め（座敷牢）の構造で、死んだ父をも罰のように生かしているからだ。

私は家に寄らずに
川口へと進む
海は波立っていて
継ぎはぎ服の男が
羽根の折れた水鳥の調教をしている所だ

なぜ、「私」は、「家」に寄らないのか。未練を断ち切る覚悟ができているからだ。「家」には、亡き父と生きている母が「居る」。「居る」と思うことのそのものが、未練の構造でもあるが、大きくは国家存続の仕組みでもある。国や家の運命を思うことなしに、父系社会も母系社会もない。そして、この「家」には、憩いと幸せの夢想が生えている。そこに混乱と妄執が生じる。苦しみである。

「私」は、「家」に寄らない道を選ぶ。詩人であるからだ。詩なら、その雄々しい道を選ぶことができる。詩人は、家―母と父―子の発生の根源をたどろうと決意している。暴虎馮河《ぼうこひょうが》の決意である。だから「川口へと進む」のである。なぜ、「川口」なのか。「骨の白く見えている」「緑色の魚」が溯っていくからである。ここには、セックスがからみ、生殖の運命をみることができるからである。いわば、自然の営みである。

川は、海につながっている「荒れた海」である。そこで「継ぎはぎ服の男」に出会う。「羽根の折れた水鳥の調教をしている」男だ。

ここで、はじめて男が現れた。すでに、これまで「女」は、現れている。「母」を連想させた「女」である。だが、この「継ぎはぎ服の男」は、「父」を連想させない。まるで、癒しの役目を荷うシャーマンである。

「薬草を調合している」母もまた、シャーマンであった。このシャーマンを「私」は、ひとまず棄てた。二人のシャーマン。「母」と「男」。このズレ。母は、「女」にちがいないが、だからといって、この「男」は、「錆びた鋏の下で眠っている」「父」といえない。それとも、鋏をはねのけて、「川口へと歩む」「私」を先き廻りし、「継ぎはぎ服の男」として変幻していたのだろうか。だとすれば、「父」は、「男」へともどっている。しかし、詩人である「私」は、もっと超越的な大きなるものを「男」にあたえたがっている。

男は明日はこの地の王となろう

錫杖を持って村々を巡行しよう
私は男の後に従って
溯ってゆく緑の魚たちの行きつく所を
見極めてきたい

「男」は、「明日の王」となっている。「私」もまた「明日の王」の家来でなく、後裔である。いや、男は、「私」なのである。その男に従うのも「私」である。「溯ってゆく緑の魚たちの行きつく所を」「見極めてきたい」の詩語で、嵩文彦は詩をおさめているが、もはや「緑の魚たち」の営みは、人間の営みと同値である。

人間の営為を「見極め」たいために、「緑の魚たち」の行方を「明日の王」に（半身は自らも明日の王となって）従う旅にでるのである。

これは、一種の「天問」だといってよい。中国には、紀元前から、屈原以来の「天問」という詩のスタイルがある。不公平不条理に出っ喰わした時、天に問いかける権利が国家のスケールで許されている。たいていその問いは、個人の怨みに発し天への怨みを伴う。

唐の韓愈《かんゆ》は、柳宗元《りゅうそうげん》とともに、中国の古文のスタイルを作ったとされる。古文といっても、古い文章という意味でない。法則に縛られて硬化した四六駢儷体《しろくべんれいたい》からの解放を図り、古代の自由な文体に戻したという意味で、古文なのである。だからといって、対句や韻や字数のリズムを無視したわけでない。もともと、これらのリズムは古代からあったもので、それが整備されすぎて、非人間的な文体に成長し、ついに硬着しただけの話である。韓愈の甥韓湊《かんほう》が、十九歳で死んだ時、彼は墓誌銘を書いた。

急激に文章が上達した韓湊にむかって、まさか人のものを盗んだのではなかろうなと韓愈は呟き、大いに驚いたことがある。この時、文章だけでなく人間としても長足に進歩したのだと韓愈に抗議するものがいた。なるほどと思った。それから、わずか数ヵ月で韓湊は病死した。

このような時、だれだって、理不尽を感じないでいられないだろう。墓誌銘は、その係累や人となりを記したあと、銘で結ぶのがきまりである。この銘は、詩であるといってよい。

天、固よりこれを生ずるか

偶、自ら生ずるか

天、殺せるか
それ、偶、自ら死するか
死に帰せざるなしも
寿　何ぞ少多あるや
銘して以て汝を送る
その悲しみ奈何せん

人間は、なぜこの世に生まれてくるのか。この命題は、今もって解決されていない。男と女がいて、交媾しあうことによって、たまたま子が生まれたりする。これは、だれだって認めざるをえない。子の誕生は、父と母の誕生でもある。これの定式は、物心ついたら、この地球上にいた子にとって納得のいくことでない。それは、時に子の攻撃にさらされる父と母にとっても同じである。セックスをして精子と卵子の結合した結果、生れてきたなどといっても、なぜ子が生れてきたのかを自ら納得させることさえできない。「原因結果」もむなしいのである。セックスをしなければ、生れやしないが、だからといって人間は、なぜ生れてくるのかの説明にもならない。この難題を避けるには、判断停止して、考えないことである。

中国人は、天の命令で、人間は生れてくると考えた。父と母は、その命令の媒体である。子は天の授かり物という発想は、ここにある。そこから、「親に孝」の観念も生れる。天の命に従って生んだ子供を育てたからである。父と母も子を生む前は、無責任体の男と女である。セックスは、無責任体なのである。セックスの行為が、天の命令ならば、なおのこと無責任体である。

「父と母」の予備軍として「夫と妻」がある。結婚という擬制の発生である。生れてからも、夫と妻でありつづける。もちろん、男と女でありつづける。また「夫と妻」でなくても、擬制を排しても男女であるなら、「父と母」でありうる。まったく当り前のことながら、時に人を迷わす。

韓愈は、「天、固よりこれを生ずるか」と問うた。天こそが子を生もうとした（地上に天の意志で、子供を送りこむ）ならば、十九歳で命を奪うなどとは、理不尽すぎる、あまり残酷すぎるではないか、と問いかけをしているのである。

だが、天は答えない。答えるはずもない。そこで韓愈は、この夭折という残酷も、もし天の配剤でないのだとしたならば、「人間がこの世に偶、自ら生ずるか」と問い返している。人間は、たまたま卵子と精子の配偶結合によって、この世に生を享《う》けるにすぎないという唯物発想による切り返しである。が、韓愈が、こういう思想の保持者だったわけではないし、またそのどちらが本当なのかと迷っていたわけでもない。あくまで天の配剤説に立ち、偶然説の有無さえも天に問いかけ、あまつさえ天を怨んでいるのである。

　卵子と精子の配偶結合などという医学的証明は、この当時あるはずもないが、韓愈の偶然説は、それに当るといえるか。いえない。いずれにしても韓愈は、天命論に立っている。精子と卵子の結合という事実を知ったとしても、その偶然さえ、天のはからいだと考えるだろう。そういう基盤に立って天をからかっているのである。とつぜんの甥の夭死に、天か偶然かと迷ったのでなく、まさしく「天問」しているのだ。天を人格化するというより、超人格化して問責している。だから、次の「天、殺せるか」「それ偶、死せるか」も天への問責である。この若者を天命によって殺したとするなら、そのむごさを問責しているのであり、もし天が、そうだよ、偶然に死んだにすぎぬよ、とうそぶくのならば、さらなる天への問責を重ねるだろう。

死に帰せずということなし

このことは、だれでもわかっている。この自明を口にして、あきらめるのかといえば、そうでない。人によって寿命の「少多」のあるのを、韓愈の感情は、なんとも納得がいかないのである。そのために「天問」を発したのである。天に問うても、答えが返ってこないのも、百も承知である。それが「天問」の意義でもある。だからこそ「その悲しみ奈何せん」なのである。人は、夭折を惜しむ。「天」に疑問を抱く時は、このような時である。

遡ってゆく緑の魚たちの行きつく所を
見極めてきたい

嵩文彦の「明日の王」の最終二行である。「見極めてきたい」とは、天への問い、答えのかえらぬ不毛の問いを問いつづけるためである。しかし韓愈と同様に「天、固よりこれを生ずるか」「偶、自ら生ずるか」を嵩の詩も問うているといってよい。むろん、「見極め」とは、願望でしかない。願望であるかぎり、行動を呼びおこすこともできる。行動をおこしたとしても見極められるはずもない。そのことは、先刻承知の行為である。明日の王も、おそらく答えをだしてくれないだろう。しかし「見極めてきたい」のである。そのために「明日の王」を必要とする。時に女々しいまでに繊細な嵩の詩行が雄々しく立ちあがるのは、この不能に等しき意志（可能としたものは、人類ひとりとしていないが、不可能の証明もない）を発動する時である。

それはまさに堂々といってよい。詩行が勃起する時である。「堂々」は、「堂々めぐり」するから、「堂々」なのである。なにを堂々めぐりするのか。人間とは、なにか、人間、いかにいくべきか、という永遠の命題にほかならない。詩の上で、嵩は照れない。照れても、照れるふりである。嵩の詩が、感性やイメージや現実や観念や生理や情念に溺れることなく、それらをすべてひっくるめて一串にしてわが従卒にしてしまう力の源泉は、この「堂々」にあるのである。

この「堂々」の背後に、父なるものが重くいつも揺れている。自分がいまこの世に存在するメディアとしての「父」である。「明日の王」の父は、嵩文彦の亡父の影を宿すが、嵩文彦が詩人であることによりずらしが、そこに生じている。自らの父であって、自らの父でもなくなっている。これを「中和」現象と呼ぼう。嵩が生きていくための対策である。

とすれば、辞書の中に封印された「父」は、その子たる嵩と詩人嵩の中和した力の恩により、嵩を導く「明日の王」でもありうる。「嵩」もまた、「明日の王」に分身しうる。この「明日の王」にどこまでも従いいくつもりの「私」とて、嵩と詩人嵩にズレ重なった分身である。つまり読者もまた「私」になれると占っているのである。占いは、森羅万象の裏を見ることである。これは、詩人の特権である。

大きな鳥の卵を降らせるのは
天の父だ
肥大するキャベツの間を巧みに逃れて
少年たちは駆け廻る

ここで、巻頭に引いた「赤い血の少年たち」に戻ろうと思う。ここでいう「天の父」とは、「明日の王」の「父」とどうつながっているのだろうか。
この詩の「駆け廻る」少年たちの中に、嵩と詩人嵩（詩人にならざるをえなかった嵩）が紛れこんでいる。紛れこむことへの成功により、さらに詩人嵩が分離して、キャベツ畑を駆け廻る少年たちを見おろしている。いわば幽体離脱である。嵩の詩は、客観的というより、主観から脱走して、幽体離脱して眺めおろすようなところがあるような気がしてならない。一つというより、三つの過程というべきだろうか。

鳥の卵は、精子。キャベツは誕生と生育。少年は、その成長である。ここには、イメージの互換による詩人のたぶらかしがある。そのプロセスを地上の生物にもたらすのは、まさに「天の父」なのである。

大地を緑に染めて
キャベツが増殖する
怒張する葉脈
搏動する緑色の脳髄
キャベツは凡庸な風景を巻き込んで
限りなく肥大する

この潑剌たるキャベツの躍動を見よ。頭に見立てられた円形のキャベツの「怒張する葉脈」は、緑色の脳髄を搏動させている。頭皮を剥いだ解剖学の世界でもあるが、読者の想念に灯るのは、まず拡がる緑の大地で、なぜ緑なのかといえば、音たてて増殖し肥大するキャベツの大群のためである。俯瞰から微視への移動が、潑剌としていて、小気味よいグロテスク図鑑となっている。これは、『赤い血の少年』の出だし六行であり、その終ったところから、「大きな鳥の卵を降らせるのは　天の父だ…」へと連動していく。「凡庸な風景」を巻き込むことは、まだ終らず、息つぐ暇もなく、大スペクタクルを展開しつづけ、青空から大きな鳥の卵がこのキャベツ畑に降り注ぐのである。

しかも、さらに動く。少年たちが、音たてて増殖し肥大する脳髄のようなキャベツの間に立ち現われるからである。彼等は、降り注ぐ大きな鳥の卵の砲丸を避けて、キャベツ畑を「駈け廻る」のである。恐怖の悲鳴は、きこえてこない。歓喜の声なら、きこえてくる。

植物のキャベツ、鳥の卵、人間の少年。この三つは、詩の中では、同時にべつべつの行動をとって動的な絵巻を展開しているが、もともと一つイメージの分派活動にすぎず、

彼等の頭蓋骨が卵殼を砕き
彼等自身を黄身と卵白で光らせるために

どこまでも増殖するキャベツ畑の
やがて取り入れ人となるために
赤い血を保つために

最終五行である。キャベツ畑で卵に当らぬ遊びを戯れる「少年たち」は、ここでは早くも「彼等」に入れ代わっている。「彼等」は、「少年たち」ではない。少年たちの「未来の姿」である。つまり生殖器を勃起させ、精子を発射する青年であり、壮年であり、つまり大人の彼等である。

私は、少年のころ、そばに川がながれている小さな林の中で遊んでいて、鳥の巣を見つけたことがある。青い色をした小さな卵が、いくつもその巣の中によこたわっていた。鶏の茶か白の卵、鳩の白い卵しか見たことがなかったから、その色に見とれたほどだ。しかも、生んだばかりなのか、ぬめぬめと卵の殻は光っていて、その青い色を鮮やかにしていた。おそるおそる触ると、そのため、かえって力がはいったのか、薄い殻にぶちゅっとひびがはいって、指がめりこんで、卵が壊れてしまった。指を抜くと、「黄身と卵白」が巻きついてきて、たらたらとその先から滴った。私の不器用な手は、この世に生まれる予定の鳥を殺してしまったとは考えなかったが母鳥が戻ってくるのではないかとおびえた。

キャベツは、緑色の脳髄をかぶった頭蓋骨でもある。少年たちが、大人になった時、この頭蓋骨で、卵殻を砕く。そこにキャベツが誕生する。キャベツは、少年たちでもある。天より降ってきた卵から生れたのが少年である。しかし少年たちは、少年たちの後続部隊の天から降ってくる鳥の卵（子宮に突進する精子の雨のイメージがある）を割る力がない。だから遊ぶが如く巧みに卵の当るのを避けて駈け廻る。大人になるための「元気」の表現である。卵を頭蓋骨で割る力ができた時は、精子をかかえこんだ大人の青年であり、「赤い血を保つため」、後続の子孫を作るためキャベツを収穫し摂取するようになる。セックスをもてあましたり、この世に生れてきたことを呪ったりするが、そういうことなのだ。

この絶えることのない退屈でたくましい生命の循環のシナリオは、いったい誰が書き上げ、誰が主宰しているのか。それはまさしく「天の父」である。思い余れば、人間には、それだけしか言う力をもたない。やけ糞に近い。諦めれば、「天」を敬うしかない。この不可知なるものを敬う気もおこらず、そのふたしかさが、いやなら、唯物論を崇拝するしかないが、いったい、そのことによって、どれほど人は天を無視しきり、拒否できたであろうか。キリスト教を信じないことは、さしてむずかしくない。死ねば、おしまいと考えることも、あの世があると考えると同じほどむずかしくない。ただ、なにかがあるという思いは、残りつづける。

詩人嵩は、そもそも「天の父」を信じているのだろうか。たんに宇宙の摂理、自然の摂理を「天の父」といっているにすぎないのか。「天問」を発しているのだから、見えざる「天の父」を信じてもいるのだろうが、信じこんでいるともいえない。唯物論に立つ西洋医学の医師でもある嵩は、客観的に「天の父」を信じ切れるはずもない。客観性は「信」に対して中立を守る。

だからこそこの曖昧なる境界に身を佇立させている詩人嵩は、「明日の王」となるしかないのである。まもなく「明日の王」として立ちあがる彼は、海の波立つ川口で継ぎはぎ服を着ている。さすらいの隠者であろうか。「羽根の折れた水鳥の調教をしている」。「明日の王」は呪医であったのだろうか。日本国中を旅する空海や日蓮のような存在だったのだろうか。かつてキャベツの間を巧みに逃れて駈け廻る少年であった私は、成長とともに自分の父と母を知り、女を知り、傷ついている。その傷を癒してもらうために、「私」は明日の王たる継ぎはぎ服を尋ねる。「私」は「羽根の折れた水鳥」である。しかし傷が癒える時があるとすれば、天問の答が戻ってきた時だ。いっさいの保証はないが、「溯ってゆく緑の魚たちの行きつく所を見極めてきたい」と思い立ち、生きつづける。父の思い出を棄て、母を棄て、旅に出るのだが、この旅は心の旅でもあり生きつづけることにほかならないだろう。しかし、封印した父こそ、「明日の王」であるかもしれず、「天の父」であるかもしれない。父の子たる私もまた、「明日の王」であり、「天の父」にほかならぬともいえる。嵩の詩は、人体の内部構造のように「入れ子」の構造になっている。攻撃と防衛と自立を同時化しているので、意味や分別に固着すると、読者はオカルト空間に溺死する。嵩文彦の詩画集『明日の王』は、頁を順に開いていくという連続性のフィクションに従って読むこともできる。ふつう、私はこの擬制に従わない。頁をえいっと任意に開いたところから読みはじめる。擬制の窮屈を拒むからである。この小文にあたって、しかし、あえて擬制に従った。私そのものが、小文を試むという擬制にとりかかろうとしているからだ。

私がここまで枚数を費して見てきたのは、『明日の王』の十詩中の二詩にすぎない。それも、トップと二番目の詩である。擬制に従う気をおこしている私は、二番目の詩「明日の王」の終行二句「溯ってゆく緑の魚たちの行きつく所を」「見極めてきたい」という詩人嵩の決心のイメージをひきずったまま、三番目の「市場」以下の活字化された彼の詩にむかって、私の胸を開いていくわけである。とすれば、以下の詩群は、その先入のイメージに就縛されたまま、私に読まれてしまうことである。逆にここは、ひとつ詩人嵩に案内されようと、我意をひっこめて許容したことになる（詩人としても、順序などは、「本」にしあげるための仮りの所作にすぎぬという言い分は残りつづける）。となれば、「明日の王」に従って旅する「私」のイメージを居残りさせたまま、「市場」以下の詩を見てしまうことになる。つまり追求の旅の風景として見るのである。そうすると、そのようにも見えてくるのが、詩集なるものの虚構性である。詩人は、なおそのような観法を半分拒否できるし、半分は肯定しなければならない。

そんなちっぽけで
さむざむとした風景を背にして
少年は巨きな拳玉に熱中してみる

「市場」の中央のくだりに右の詩行がある。この詩の中に、言葉としての「私」はいない。おそらく、「拳玉に熱中してみる」「少年」が、「私」なのである。「熱中してみる」という主動的な言葉が、それを示している。「私」は、市場の中で、「少年」になってしまったのである。なぜか。

「頬に紅を差して」「褐色に崩れた皮膚を隠した女が」「坐っている」のを見たからである。この時、「私」は、「少年」になっている。その「女」が「坐っている」「さむざむとした風景」に知らぬ顔をするために、「少年は巨きな拳玉に熱中してみる」のだ。つまり「熱中」していない。

このような経験は、「少年」なら、だれでも持っている。しかし、「私」が、そのような女のいる風景を見たくない故に、あわてて「熱中してみる」「少年」に戻ったのである。この変容に成功した「私」は、安心したように世阿弥のいう「離見」の目を獲得して、他人ごとのようにこう語る。

市場の片隅で商いをしている首のない男
それはきっと少年の昔の父で
あの腐った林檎の女は
少年の母だ

「少年の昔の父」とは、「明日の王」の詩篇にでてきた「錆びた鋏の下で眠っている」死んだ父にほかならない。死んだのちも「私」をおびやかす故に或いは怨みが消えぬ故に辞書に封じこめた父である。緑の魚の溯る先を見極めるために家に棄てて置いてきた死んだ父である。その出現に対し「それはきっと」と断定に近い薄情な推量を「私」があえてするのは、すべてを見透す千里眼の持主だからでない。見たくないからである。棄ててきたはずだからである。

なおもいえば、「頬に紅を差して」「褐色に崩れた皮膚を隠した女」が、母であることも、早くからわかっていたのだ。その母（詩では「女」といっている）の上を「雲翳が這ってゆく」のを見た時、「私」は、父の亡霊のサインを感じとっている。「病弱な精霊がこそっと四辻で」「つむじ風を起こしている」。嵩文彦は、幽霊を見たことがあるのかどうか知らないが、雲やつむじ風は、霊が来ることのしるしである。

それを知りたくない故に、「私」は少年に戻るのである。とはいえ、ここで年齢のズレがおこる。「私」が「少年」になったのであるのなら、母も比例して、少年のころに知っている若い女でなければならない。「私」は、そうしない。詩人の「私」もそうしない。あたかも罰するかの如く、老いた母のままにし、「あの腐った林檎の女は」と他人視する。父は、死んでも許されず、「首のない男」にされている。

あるいは港から
精液の臭いをさせて駈け登ってくる男
それはひょっとして少年の若い父親
その時女は僅かに傾ぎ
内部から発芽しはじめている

これは、「市場」の後半部分である。「私」は、死んだ父を雲翳となって女の上を這ってゆく亡霊にした薄情を悔いるかのように、「病弱な精霊」を「少年の若い父親」に戻している。いや、そうはいえぬか。それは「精液の臭いをさせて駈け登ってくる男」にすぎぬし、しかも「ひょっとして」とあいかわらず冷たいからである。

この「少年の若い父親」は、やはり、「首のない男」なのだろうか。下半身は若くなったが、「首のない男」のはずである。自分が生れる以前の父であり、その時は、ただの男でしかなく、少年の父となっていないだけでなく、「精液の臭いをさせて駈け登ってくる男」と嫌悪しているからである。

「少年の母」は、どうか。「少年の若い母親」に戻してもらっていない。「女」のままである。「あの腐った林檎の女」のままなのである。「精液の臭いをさせて駈け登ってくる男」と対応して、「その時女は僅かに傾ぎ」「内部から発芽しはじめている」。まもなく「少年」の誕生も近い。それは、「私」の誕生であり、「詩人」の誕生でもある。天の刑を受けて、「私」は「詩人」になるのである。

たまたま、この原稿を書いている合間に、高見順の『敗戦日記』を読んだ。昭和二十年の日記であるから、戦争中と敗戦後をふくんでいる。当時、彼は三十八歳で鎌倉文士だったが、空襲で焼野原になっていく東京へ運行のままならぬ電車に乗って足繁く出かけている。ある日、有楽町で、ちょうど退社の若い女性群にであっている。(四月十日)

「美しい、というより蕾のパッと開いた感じのみずみずしい爽やかな、若い生命の輝いている女性が、こんな険しい時でも、常時と同じようにやはりいるのに、眼をひかれ、頼もしいようなそしてまた寂しいような気持にさせられた。」

高見順は、この「若い生命」を見て、「自然と同じだ」といっている。それを見て、「たのもしい」と感じている。こう思う背後には、民族滅亡の危機がある。たとえ敗けても、立ちなおるのではないかという楽観も芽生えていたかもしれない。それとも、生命の輪廻が断たれるのも知らずに、生命の循環を続けている姿にいとおしさを覚えていたのか。「寂しい」というのは、自分が「青春から一年一年と遠ざかって行く」年齢を迎えていたからだが、この感情とて、自分がこれからも生きていくという延長線上にある。

この場合、まぶしいような若い女性の生命力に感動しているのだが、「戦争」という観念なしには生じないコントラストからくる単純な反射である。と同時に、老いいく自分とも対比されていて、このほうは、のんきなまでに俗的である。

「若い男女を見て、恋愛は変らずに存在しているなと思う。心強かった。」

こう書いたのは、一月十日である。ここに書かれているのは、若い女性の輝きでない。「若い男女」のカップルである。大戦中、表向き、恋愛は、ご法度であり、隠れて逢引きするしかなかったのだが、末期ともなると、公然と銀座などでは、カップルが登場するようになったのだ。高見順は、「心強かった」と感じいっている。一月十四日の日記では、こう書いている。

「銀座はもはや昔の銀座ではない。……残っているのは単に道路だけだ。汚い、うすよごれた道路だけだ。しかもなお若い男女が銀座を慕ってやってきている。若い男女の華やいだ場所として依然として銀座が選ばれている。」

どうやら、高見順は、数日後、銀座を歩いているアヴェックを見て、「心強かった」という考えをかえたようだ。珍しく開いていた喫茶店に入り無糖コーヒーを飲みながら、ここでも若い男女が群がっているのを見て、嫉妬を感じるが、すぐに同情へと変わっている。「物置のような汚いところで、ほんの僅かの時間に、こうして青春を楽しんでいる彼等」に「何か捨て鉢なもの」を感じたからである。どうせ死ぬのなら、という感情を見たからである。彼の同情も刻々と色を変え、「静かな同情」から「しみじみと同情」、そして「切ない同情」とチェンジする。しかも、さらにもう一捻り急回転する。暗い通りで、「青年男女が何人となく群り立っていて、ヘンに昂奮した奇声など聞えて」きた時、「風儀の乱れ」という道徳観念がもちあがり、その捨て鉢に同情できなくなっている。それとも「嫉妬」に逆戻りして道徳観念にすりかえたのか。

だが、いずれにしろ、男と女がくっつきあう生命の営みにはちがいない。四月二十日の日記に、彼は自作の詩を記した。「草の緑をしみじみ美しいと思った」からである。自然をしみじみと味わえる時は、身も心も弱っている時である。

われは草なり
緑なり
全身すべて
緑なり
毎年かならず緑なり
緑の己れに
あきぬなり
己れの緑をいとわぬなり
趣向をかえて
赤ねらう
莫迦は決して
なさぬなり
われは草なり
緑なり

緑の深きを
願うなり

この詩を読みながら、嵩文彦の「深い緑の藻が繁茂している川を」「清流が一杯に流れている」「その流れを深い緑色の魚たちが」「一斉に溯ってゆくのである」を思いださないわけにいかない。

高見順の「緑」のリフレインは、飢えるがごとき祈願がこめられているが、「草の緑」であってみれば、嵩文彦の「深い緑色の魚たち」にくらべれば、尋常ともいえるが、高見順の場合、「緑」が草を離れて独立し、緑に執着していくところがある。

嵩文彦は、その「深い緑色の魚たち」に白い骨を見る。「緑」を自立させてしまった高見順は、「赤」（共産主義者からの転向者でもあった）に塗りたくないという。嵩の「白」への透視は、解剖学的であり、宗教的でもあるが、理知的である。高見の趣向として示された「赤」への転換は、絵画的であり哲学的であり、情念に燃えている。高見は、緑に「女」や、「男女」まで見ている。嵩も、女を見、男を見、男女の交合を見、母や父までも見てしまう。

嵩の病理は、深い。ただ、この「緑」に「青春」を見、定理に近い「自然」の動きを見たのは、二人とも同じだ。「緑」は、高見順にとって「青春」である。嵩文彦にとっても「青春」であり、「少年」である。こだわることにおいては、同一だが、受けとめかたに正負の差があり。高見はがむしやらに正の正。嵩は負から正へ、そして正になりきれていない。高見のエゴは暑苦しく、嵩のエゴは冷やかである。「七転八倒」していることでは同じである。ここに、いわゆる「傷痕」への対応の差がある。青春を肯定したとしても「傷痕」を受けるのはこの時しかない。

高見順は、日記魔であった。彼の小説の愛読者といえないので、検討したことはないが、その夫人である高見秋子が文庫本の「あとがき」に、彼は小学六年から日記を書きはじめたと記している。彼女は、その年の日記に二ヶ月の空白を発見して

「今日で十三回続けた百点とつた、チチンプイプイと得意になっていた筆まめな明るい少年が、二月十一日、府立一中へ願書を出しに行った翌日からぷっつりと筆を断ってしまった。二ヶ月あまり経った四月二十三日、〈楽しく遊びて帰路につく。湯に入りて寝につく。〉いきなり文語調で日記を再開する府立一中の生徒となって現われる。」

この空白の謎に対し、夫人は「願書を出しに行く時点で、この少年、自分の出生の秘密

を知ったのだろうと思うのです。」

傷つかない少年など、この世にいない。阿呆らしいほどだ。だから、傷は、平凡な事件である。どの少年も、（大人になっても）自分の傷が特別であるかのように思いたがる。当り前ながら、傷はかけがえのない勲章であるからだ。高見順の最初の傷は、学生時代からの共産主義からの「転向」で、おそらくないだろう。分別のはじまりに知った少年時代の傷《こだわり》が、転向による傷を再生産したというべきである。癒えぬ傷をさらに自ら引っ掻いたのである。負の生き甲斐としたのである。へたをすれば重症の「感傷」となる。夢野久作のいう「解放治療場」へ行っても、癒えるはずもない。

少年時代に傷を負うのが、人の常だとする。では、なぜ、人はその傷を受けた少年時代を黄金のように思うのだろうか。ことは簡単だ。傷を負う前のシーズンをも少年時代は含むからである。子供が素朴などと思ったこともないが、あたかも傷を負う以前の「少年」の自分を分別なきゴールド・エイジのように感じることはできるだろう。生きるための偽善である。未成育だった自分の時代に光栄をあたえる。

それにしても、「傷」は、その同属である「自我《エゴ》」とともに、今や死語に近い。格闘しても、しかたなしとあきらめたからでもあるが、「遺伝子」のせいにすることができたからである。しかし高見順の青春はまさに「自我」なる言葉が高揚した時代で、このあるかなきかわからぬ自我という言葉に死ぬまでとらわれつづけ、あつぐるしく七転八倒し、今ではなつかしく奇観を呈している。そのさまは自我の食人種の饗宴である。

しかし、自我という言葉が、日常語から消滅していったとしても、あるかなきかわからぬ自我は残りつづける。人間の歴史の中で、自我などという言葉がなかった時代のほうが、圧倒的に長い。だからといって、あるかなきかわからぬ自我なら、一貫してありつづけた。つまり、人間が言葉（分別）を用いはじめた時から、精神の病いが、孜々止むこともなく続いている。二十世紀文明にいたって急増したわけでない。

嵩の詩が見せかける印象は、時に弱さにも時に優しさ（分別）にも、或は時におそろしくしぶとくも見える。台風に揺れる柳の如くでもあり、暴雪の中にうずくまって動かぬ虎の如くにも見えてくる。なまじ動かない。耐える。だから嵩の詩の芯は、雄々しい。あるといえばあり、ないといえばない自我なる曖昧なるものを疎外しつづけているところに、力強さが生れる。疎外とは、眺め尽くすこと、凝視である。たとえ凝視しても、なんら解決しないことを自明として往生際悪く凝視することである。その凝視したイメージが、たとえ卑猥であっても、透明なのは、自我を疎外しつづけているからである。私は、この透明なる疎外の決意を嵩の「司令塔」と呼ぶ。

ランニングシャツの少年が駈けてゆく
雑貨屋に父親の煙草でも頼まれたのだろう
少年の肝臓の中を
輪まわししながら駈けてゆく少年がいる

「明日の王」で四番目に置かれた二十行詩「日めくり」の七、八、九、十行からの引用である。「いつも赤く染まっている」街へ、「明日の王」に従って旅に出た私は、たどりつくが、ここでもまた少年時代の私にであってしまっている。少年時代の「私」がでてくることは、そのまま父親の霊（記憶）を呼びよせることにつながる。「私」は、「雑貨屋に父親の煙草でも頼まれたのだろう」と、ここでも知らぬふりして「少年」を少年時代の私だと知りつつ「疎外」する。ここには、怯懦より、勇気がある。

大空に大きな男の白い臀部が出現する

男は赤く染った街の上に屈まったのである

この「男」は、なにものであろう。私が従っている「明日の王」、つまり継ぎはぎ服の男か。精霊となって市場に出現し「商いをしている首のない男」、つまり「少年の昔の父」であるのか。それとも、まったく別の男なのか。どうやら「私」は、少年を「男」のうちにいれていない。

五番目の詩「冬日」でも、「少年」と出会っている。「泡立つ海を見詰めたまま」の少年である。この少年を見詰めているのは、詩人の私だが、ほぼ九割がた、少年と同化している。だからこの詩で、私は内在し続けているが、「私」という言葉は消えている。残り一割は、詩人の私が自らの影法師である少年と同化しきれずにズレている。「私」は、少年時代の記憶を独占していて、旅の先き先きで少年を招霊するのだが、もはや少年そのものではないから、ズレてしまうのだ。少年の存在は、詩の中で独立してしまっている。しかし、これまで少年を遠くに引き離して見ていたのに、やはり自分であるという断固たる思いも残っているため、足だけ消えていない透明人間のようになっている。

少年は背後になにものかの重い視線を感じている
きっと大時化がくる
少年は予感する

「何ものかの重い視線」とは、「私」のそれであろうか。同化しきれない「私」の重い視線であろうか。少年の悪い予感をも独占している「私」である。ただし、ほぼ同化に成功しているため、父も母も風景の中へ招霊せずにすんでいたが、この「重い視線」は、なんだろう。

第六の「図像」では、詩人の「私」は、強引に「少年」の中にもぐりこんでいる。残っていた詩人の足も、一応、消えている。

少年は立ち止って前方を凝視した
肩の高さで鈍く光っている背後の沼
少年の背部は拒絶する

詩人の「私」は、「立ち止って前方を凝視した」の語が示すように少年と同化している。それは、錯覚であって、なんら同化したことにならぬことを思い知らされている。記憶（幻想）の少年の内部に「私」が入りこんだにすぎないと知るからだ。錯覚は信仰に近い心的行為でもありうるので、同一感覚をもたらすが、宿借りでもありうる。一種の憑依でもある。第五の「冬日」で少年が感じた「重い視線」の正体がはっきりしてくる。それは「肩の高さで鈍く光っている背後の沼」の視線だとわかる。二重化した「少年」が破壊される。

失せよ故郷
少年は心の中で発語した

「鈍く光っている背後の沼」の視線は、彼が後にした「故郷」だったとわかってくる。母がいる。辞書の中に封じこめた父の墓がある。「失せよ故郷」。思わず涙のでてくる絶句だ。実際にも、少年の目に、大粒の涙が溢れている。

開き切った眼球に滲んでくる涙滴
その涙滴を拭う
見えない私の手

ここで、「少年」の中に消えていた「私」が、化けの皮をあらわす。宿借りにさよならを言い、憑依を解く。少年の涙を「私」の手が拭うからである。一体になっていた「少年」と「私」が、ここで分離する。「見えない私の手」は、「少年」の中に隠れていた私の手でない。すでに「少年」からあわてるように脱出し、離見の目をもって記憶の中のわが「少年」の姿を眺める見えない私の手である。「失せよ故郷」、思わず発語したのも、おそらく「少年」の中にもぐりこんでいた「私」なのである。「少年」が「失せよ」と呪詛したとするならば、「故郷」といわず、率直に「失せよ父よ母よ」であったのかもしれない。

お前の深い眼窩に沈む赤い沼を
私はどうしても避けられない

第七詩篇の「火の山に向って」からの引用である。

私は、すでに述べたように、この原稿を書き出す前まで『明日の王』を、順を追わずランダムな読みかたをしていた。文章を書くためにあえて習慣に逆らって嵩の編集した詩の順番に従いながら、その中の「父」を追っていったのだが、まんまと彼の罠に心地良くはまったといえる。

この『明日の王』の寸篇が、きわめて用意周到に順列化戦略化されていて、「少年」にそして「父」「母」に追われる（逃げる）「私」の天問の苦しい旅を緊密な伏線を張りながら構成していることがよくわかる。詩の中の「私」は、旅立ちを決意する第二篇から言葉として消える。「私」の視線は、詩の中に内在しながらも、語として排除され、「少年」が目立っていくが、第六篇の「図像」で、「少年」が涙した時、とつじょとして消えていた「私」の語が再登場する。まるで私の分析と嗅覚をあざ笑うかのようにだ。内在する私と外在する私とは、「在」ということでは同じでも、なぜこの世に生まれてきたかの天問の旅にあっては、そのどちらであるかが重大な意味をもってくる。

私は、わが「少年」（自分と同じと思ってやまなかった）のイメージを「古びた一枚の画布」として風景の中に封じる。そうしなければ、旅は続けられなくなるからだ。

馬は振り返って私を見る
私はお前について行くだけだ

ここで「馬」が現れる。旅につきまとう「少年」を葬った落胆の私は、馬なしにもう旅を続けることはできない。この「馬」は、なにか。「私はお前について行くだけだ」からすれば、「明日の王」であろうか。「天の父」につながる「明日の王」が旅を持続するように「馬」を「私」にあたえたのだろうか。だとすれば、この「馬」には、「天の父」―明日の王―「父」、そして「少年」―「私」までもが、奥行きを伴って重層化し細胞化され体系化されているといわねばならない。「少年」は、扁平な「画布」に封ぜられたが、羊の目隠しにも似て、手をおろせば、たちまち蘇える。「私」が生きている以上、「少年」は死ぬわけがない。たとえ「私」が死んだとしても、消滅するわけでない。

旅を促して振り返る馬には、目がある。「私」を見る目である。鏡の目である。その「深い眼窩」に「赤い沼」を「私」は、どうしても見てしまう。強迫症である。とかく、現代詩は、強迫症であり、そこから逃れようとして、詩語は断片化し、己れを隠しこむ。嵩は、正直に、しぶとく強迫症と向かいあっている。第六篇の「図像」で、思わず「少年は立ち止って前方を凝視した」のは、「失せよ故郷」のしるしである「背後の沼」の「重い視線」を感じたからだ。それを振り切って「私」は旅に出た。振り切るためなら、むだな抵抗の旅である。迫ってくるからである。しかもそれどころでない。ここが、嵩の詩の稀有なまでの「堂々」であり、格調である。骸骨である。傷心して、なお旅をつづけるためにあたえられた「馬」のふりかえる目の鏡が、追うどころか先廻りして、その「沼」を浮かばせている。それでいいのか、ほうりだしていいのか先へ進んでいいのかと、「私」をためすのである。

この馬が、「天の父」への媒介者である「明日の王」であるなら、勇を鼓して口先だけは「私はお前について行くだけだ」といえる。だが、この馬が、「天の父」―明日の王―父―少年―私―詩人の連鎖のトンネル体を、そっくり受け入れているのなら、その「赤い沼」を「私はどうしても避けられない」のは、必然である。どこまで行っても、一つながりである。いくら切っても切っても、「見せ消ち」となって、消滅することはない。

この「馬」に対し、詩人嵩は、「お前」と呼びすてにしている。

しかし「お前」の意志とも言っている。あたかも父が子に向っていうかのように意味深長というより、屈折多義的である。ここにも、入り子構造がある。入り子は、詩人嵩の宇宙観であり、人間観でもある。

沼の中には
私の母が寂しく棲んでいる
母の眼球をねぶり尽した私が
盲目になることを母に強いている
私は固く目を閉じて
水面を渡る時鐘の音を待っている
それはきっと父が撞いてくれるのだ

言葉には、父音というものがない。「子音」と「母音」である。昭和九年、四十六歳で死んだ詩人大手拓次は散文詩「霧のなかに蹄を聴く」の中で「母韻は風、子音は木立。」というように次々と見立尽しをして遊んでいる。「母韻は女、子音は男」と、さらに見立てる。父は、「男」である。子には、女もいるはずだが、「子音」は男だといい切っている。

「子―男―少年―父」。「父音」はない。文法学者は、「父音」を認めなかった。考えのうちにおそらく入ってこなかった。

嵩のイメージが（歪曲の想念）生みだした「馬」も、男であろう。馬にはメスもいるが、男の種馬だろうか。「少年」は、種つけ馬の予備軍であることを免れない。いや、中学生が、「少年」であるなら、すでに種つけ馬である。それとも、批判をふくむ優しい眼差しで振り返った「馬」が、もし神の使いであるなら、その性はなにか、無性、あるいは非性であろうか。馬は、神の役割をふられたとしても、「私」の影にすぎないともいえるし、「父」の亡霊だともいえる。

嵩文彦の詩の中には、当然ながら、自画像が埋めこまれている。詩は、もとより自伝でない。独立した「言語」の虹の架け橋である。読者の倫理としては、詩の中に、自伝の匂いを嗅いではならない。詩は、詩である。この姿勢は、正しそうで、正しいといえない。だが、なかなか、そうはいかない。読者は、詩の中に、作者の自伝の匂いを嗅ぐ習癖を棄てられない。すくなくとも人柄を見たがるのである。すくなくとも中国の詩は、外交手段として発達していったところがあるから、むしろ正解である。いかに詩は、詩であり、それ以下でも以上でもないといっても、生き身の人間が書いたものであるという限界があるからで、その悪しき習癖を無碍に否定するわけにいかない。だから後世の詩人研究などは、その詩を語るにあたって、詩の中で歪曲・変曲された自我の足跡をさぐり、つまり自伝性を踏まえることなしに成立しないともいえる。あくまで詩は、詩として読めとは、強要できないし、その強要は、まちがっているともいえる。だが、この習癖を野放しにすると、詩の曲解がおこるが、どのように読まれても、しかたないのである。

私は、詩人嵩を、個人として、よく知っている。正確には、よく知っていると思いこんでいる。ここが、つらいところである。私は、たえず、詩を詩として読む（詩人への礼でもあるが、私の快楽でもある）ようにつとめ、嵩の広大無辺の詩宇宙の中から、とりあえず、「父」というキーワードをひきずりだすところまではよかったのだが、これまた厄介なのである。

生き身の嵩が、「父」なるものをどのように考えていたのか、どのように考えるように至ったのか、深く思いを寄せざるをえない。想念の脱走を抑えきれない。その時、詩を詩として読むことに多少の「歪み」が生じるのである。あたり前のことながら、つらいところである。

私は、嵩の父をこの目で見たことがない。彼の父は、彼の青年期にこの世を去っている。

だが、家族は知っている。数々の親切を受けている。その中で、嵩の父の存在は、私の中でイメージとして着地し受胎化し、勝手に一人立ちをしていく。それが、嵩の詩を読む時、かぶさっていく。

数年前、私の父も死んだ。嵩も私の父を知らない。知らないなりに、知っているともいえるだろう。しかし、私が嵩の詩を読み、そこに出てくる「父」を中心に読んでいく時、そこに立ち現れてくる「父」に対し、嵩の父を透し、見るだけでなく、我が「父」へのノスタルジーをかぶせざるをえない。正確には、私の「我が父」へのイメージである。たがいに薄情なまで距離をとりあった対決の歴史がある。距離のとりかたは父が死ぬまで続いたが、私の場合真の対決は三十の時で終っている。距離だけが残り続けた。おそらく詩人嵩は、詩の中でも、現実にあってもおそらく終っていなかった。

志賀直哉の『和解』を読んだのは、高校一年生の時である。読了、生き続けるのがいやになるほど、不快感を覚えた。読んで損したと思うことがあっても、不快な小説体験など数少ないが、『和解』は稀な一つである。私の志賀嫌いは、ここにはじまっている。

「少年」は、いくつぐらいまでをさすのだろう。そもそも、「少年」は、自分を少年と思っていない。「少年」は、「大人」の回想にすぎない。少年の実態などない。「大人」の幻想として、「少年」は存在しつづける。「大人」とて、フィクションである。

「……父に対する私怨を晴すような事は仕たくないという考が筆の進みを中々に邪魔をした。ところが実際は私怨を含んでいる自分が自分の中にあったのである。然し、それが全体ではなかった。他方に心から父に同情している自分が一緒に住んでいた。」

直哉の父への不快は、自分の結婚問題にからんでいる。直接的には、青年となり大人になってからだ。その根は、『和解』で語られていないが、そんな浅いものでないだろう。私は、直哉の「少年」の時に不快の芽生えありと見ている。だが、小説としての『和解』は、そこに描かれている父にもまして、主人公のもやもやにも、「不快」を感じたものだ。彼が描く父の姿に同情さえ覚えたものだ。しかし、現実の我が父に対しても、以後、割引きして見るようになったかといえば、そうならなかった。

小説のラストに至って、題名通りに、父と子は、和解する。「別れる時、その日は自然に父の眼に快い自由さで、愛情の光りの湧くのを自分は見た。自分は和解の安定をもう疑う気はしない。」

このくだりにも、「少年」の私は、不快を覚えた。私の心は、よかったと解放されなかった。和解への両者の微妙な心の動きが、なんとも不潔で気にいらなかったのである。特に主人公の「もやもや」は解消されていないのを強く感じたからだ。いったい、この「もやもや」はなんだろうか。

結婚をめぐっての父と子の間には、互いに自立した男と男としての「縁切り」の発動がなければならないのに、結婚に反対された志賀直哉の和解にはそれがない。「もやもや」とした雲気が漂うばかりである。私には、そのような雲気はない。父の死後、結婚した嵩にもないだろう。しかし、戦いはある。戦いかたは、その理由と同じように、それぞれだ。その理由が、他人にとって、いかにちっぽけであっても、それを笑うことは無意味である。私の兄弟姉妹を見渡しても理由だけでなくその戦いかたも、千差万別である。嵩は、ひとりっ子である。沖縄本島で戦死した兄をもつ単純なひとりっ子でないが、戦うということでは、父を敵とすることでは横一線、みな同じである。

大学生になって、(青年という大人)新しくできた友だちと、すこし親しくなってからの会話は、きまって退屈なまでに「家」に対する悩みであった。その中心に「父」がいる。そこからくる抑圧の苦しさをみな自慢げに語った。自分だけが苦しく、みんなの苦しみなど、苦しみのうちに入らぬ、お前なんか羨ましいよとそれぞれに豪語した。時に、「父」のいない仲間もいた。母の体内に入っている時、父は死んでいて、父など語ることができないとシラッとしていう仲間もいた。そういう彼とて、見たことのない父と戦っていないわけでない。父のいる子は、その父が死んでも、戦いが終わるわけでないのだから、父を知らない子とて、同じ土俵にいるのである。父なしに自分はいないからである。

それにしても、なぜ父は、「少年」にとって、不快なのだろうか。理由は、あれこれつけられるにしても、いまわしいまでの不潔感のようなものである。その不潔感のようなもののおかげで自分が誕生したことに気づかない。気づけば、いよいよ不潔に見えてくる。父が不潔であれば、母もまた不潔である。だが、男の子の場合、母への不潔感は、父への不潔感より後から出てくる。この不潔感の背後に、父の「性欲」がある。自分がその結果の産物であることが耐えられない。

なにが清潔で、なにが不潔なのか。生理感覚であるから、理屈が定まりにくい。「少年」は、清潔と人はよくいう。迷蒙である。このような輩にかぎって、大人になると「性欲」は、清潔だという。自然の合理化である。もし性欲が、「少年」たちが思いこむように清潔でないとすれば、「少年」は清潔でない。「少年」はすでに性欲なる悪魔（自然）につきまとわれている。だからこそ「父」がうとましく不潔であるともいえるのだ。あの志賀の『和解』の「もやもや」は自らの性欲であったともいえるだろう。

「少年」は、母の不潔を責めない。母の側に立って、いつも父を見ているからだ。父は、いつでも悪玉であり、父の不潔が、母を汚すと考えたがるのである。母の父への責めは、共有できるが、母の父への愛は、共有できない。考えたくない。そのくせ、いつも一家団欒の家族の風景を夢みている。夢見ているが、そのような場が稀にできた時も、不快でたまらない。居心地が悪い。

学生のころ、帰省した時だが、それに近いこと、父だけが悪いわけでないことをなんとなく母に向って私は言ったことがある。母の罪である。その時、母は、まるで前から予期していたかのごとく、「男の子はみな大きくなると、そう言うようになる。父の肩をもつようになる。」と深い溜息をついた。そうでない、父も×、母も×になっただけだと、黙ったまま心の中で呟いていた。我がエゴは、自分にだけバツをつけていない。父だけでなく母からも遠ざかりながら、やはり甘えつづけている。甘えとは、生んだことへの落とし前だ。いくら遠ざかっても、父も母もいなくなるわけでない。忘れていても、忘れているにすぎないから、いつでも甦る体制になっている。

母の眼球をねぶり尽した私が

盲目になることを母に強いている

この嵩の詩の二行は、涙が出る。私の母は、父より先にこの世を去ったが、生きている時から、この二行に近似した思いにいつも駆られた。思うだけで、なにもできなかったし、する気もなかった。悔いはあるが、それでよかったという思いも一方である。それが、子と母の関係である。「子は、母の眼球をねぶり尽す」ものである。親孝行は、偽善の観念であるという思いこみもある。こんな調子で、自分の対応とかさねあわせながら、嵩の対応の差とを照らしだしつつ、詩を読みつづけざるをえない。それが、「詩」の大いなる力であり、嵩の詩の堂々たる力である。

私は固く目を閉じて
水面を渡る時鐘の音を待っている
それはきっと父が撞いてくれるのだ

続くこの三行は、私の体験の中にないものだが、なんともよく同意できるのは、なぜであろうか。それは、蹴り足の鋭く、しかも沈潜する耐久力をもつ嵩の詩の力である。私の場合、少年から青年になると、批判の目を消滅させ、父と戦わなかった。そのようにしか生きられぬものとして認めてしまったからである。父は、私の掌中の子となった。

父は、そんな風に息子が考えていることなど夢にも思わないで、死んでいっただろう。私の生きかたは、父の生きかたへの反発の影でもあるが、父に一切の責任はない。この傲慢が、私の父との戦いかただったともいえるだろう。だから、その「眼球をねぶり尽」した母と同じくらい、今、父が痛く偲ばれてならないのである。だから「それはきっと父が撞いてくれるのだ」という詩人嵩の優しさという期待の耳をもてないし、もったことはない。薄情なのである。しかし、哀しいまでに諾意を以て肯くのである。

しかしながら「それはきっと父が撞いてくれるのだ」の詩句には、やはり、すこし戸惑うのも、事実だ。母のため、戻れと、父が鐘を撞くのか、息子のために、旅立てと鐘を撞くのか。

ここで、次の詩行は、六字分、ガクンと陥没する。* 沈黙の空白。答えをつくらない詩人の奸計といってもよいが、迷っているのでもある。この空白の落し穴は迷いの詩語化である。呼吸、抑揚以上の意味をもった段落落ちである。詩人自身が深く落ちこんでいるので

＊　草森紳一の用いているテキストでは「隻眼の馬は草を食んだりして」が六字分下げられている。

もある。

その間、「隻眼の馬は草を食んだりして」いる。さあ、決断しろと「私を促がしている」とわかるのは、この詩句から、行がもとの位置に戻っているからである。この間のためらう時間は長い。

この草原を真直ぐに突切って
その果てにあるという
火の山に向って行ってみよう
共に身を焦がしてもいいではないか

詩人は、八割がた、母、故郷の棲む「赤い沼」の幻をふりきって、旅を続けようという決心をしている。「火の山に向って」と対象をはっきりさせているのに、いさぎよいわけでない。だから八割だ。「共に身を焦がしてもいいではないか」の言葉もまたいさぎよくない。「いいではないか」という説得そのものが、旅の友である「隻眼の馬」を説得しているようで、グズの己れを口説いているのである。グズグズの迷いは、優しさであるが、その周囲にいるものは、それぞれに己れの我をかかえて生きており、いらだつだろう。しかし隻眼の馬は、他者でない。この隻眼の馬も、詩人の分身でしかないことをこの詩のラスト三行で、はっきり示される。

隻眼の馬よ
火の山に向って私たちは
影よりも早く駈けて行こう

それまでの「私は」は、なんと「私たち」にかわっている。「たち」とは、私と馬である。いったん馬に対し「お前」呼ばわりしたのだから、「私たち」でも昇格である。まるで友人か恋人あつかいでもある。決断とは、神への宣誓である。「隻眼の馬」が、神の使者であるなら、神に対するなれなれしさである。だが、「私たち」と叫ぶ「私」に怯懦を見ないわけにいかない。「火の山」にむかって「真直ぐに突切って」とか「影よりも早く」

と勇んでいるわりには、優柔不断、おじけづいているのである。「お前の深い眼窩に沈む赤い沼を」「私はどうしても避けられない」という言葉が、すでに読者にインプットされているから、そのあせりにも似た怯懦の掛け声を、そのまま重く受けとめて笑うことはできない。読み手としては、ひたすらに不吉を感じる。

その不吉を実証するかのように第八篇「屈まる男」第九篇「水槽」第十篇「スキップ・トリップ・トリップ」では、「父」なる言葉は、消える。いや、「私」という言葉さえ、詩のフエイスから姿を消す。

そのかわり、「男」が、頻出しはじめる。「女」もでてくる。入り子の構造が、色をかえて、作為的に変容し、「男」と「女」に還元されたのだともいえる。

その意味で、嵩文彦の詩は、万華鏡である。ある分子が他の分子とかさなりあうだけでなく、モザイクの石片を剥がすように、くるりと他の分子にいれかわったりする。嵩のイメージ豊富なスリリングな詩行を追うだけなら、このようなことは、気にならない。なまじ意味を追うと嵩の慎重な詩語の操作と配列にひきずりまわされるのである。しかも、その操作に対し、健忘症なところもある。

それは、時に、詩人の悪ふざけのなせるしわざともいえるが、そのトウカイは、人間の内部構造への熟視とその一時的放棄からきている。そうしなければ、生きていけない。詩も成立しない。トウカイは、人体の中にありというわけだ。とすれば、人間、それぞれにみな神である。神ほど、トウカイしているものは、他にあるまい。

なぜ、「父」は消え、「私」は消え、「母」さえも消えたのか。第七篇の「火の山に向って」は、「影よりも早く駈けて行こう」で終った。

「駈けて行こう」は、駈けて行ったときまっているわけでない。駈けて行ったかもしれないが、やはり駈けて行こうとするのをやめたかもしれないのだ。「掛け声」は、受験生の勉強の誓いのように、カラ元気で、なかなか実行できない運命をもっている。生れながらの気の弱さのせいでない自己激励により、かえって抑圧をつくってしまうのである。

もちろん、第八篇以後の詩も、「遡ってゆく緑の魚たちの行きつく所を見極めてきたい」という「私」の旅の途次でえた詩想として読むことができる。詩人嵩文彦は、いっさいの断り書きをいれていないが、私は、「火の山」へ向わず、母、つまり死してなお生きている父たちのいる「赤い沼」へ戻ったのだと見たい。「赤い沼」は、「家」でもあり、いわゆる現実世界でもあるが、この『明日の王』では、表面の上で、「私」の妻や子が省かれている。ともあれ『明日の王』で高潮した遍歴（家出）の魂は、第七篇の「火の山に向って」

をもって、いったん中絶、挫折したと見るべきである。自己勉励の掛け声に終ったのである。それは、一種の予定調和であり、自ら予感に屈したのだともいえる。そのため第八篇以下の三篇は、高潮した魂への挽歌だともいえるし、頌歌だともいえる。この『明日の王』を構成する十篇は、かりに「家出」と「帰還」に分けられるとするなら、七・三の比率で、内容に割れができている。もし九・一の比率であったなら挽歌にも頌歌にもならないだろう。九が父への怨みに発し、家を棄て母を棄て、生きるとは何かを求める（我が少年の魂に執着した）天問の旅であるなら、赤い沼に戻った一は、腰砕けのなんだという落ちとなるだろう。落ちとしては、ストーンと鋭く落ちて鮮かだが、落ちる理由が、ただの優柔不断の弱虫となる。家出の高揚した魂やイメージに似合わない。

詩人嵩は、しぶとく、そうしなかった。戻った赤い沼の世界を三に増やした。三ならば、その充電により七の数に拮抗できるだけの詩的要素のつまった空間を用意できるし保持できる。質料としては五対五、一対一ともなりうる。

なぜ、彼はひっかえしたのか。「赤い沼」への責任のためか。優しさのためか。真のエゴイストになれないからか。どこへ行っても「父」のイメージが追っかけてくるのなら、「赤い沼」でも同じだと見切ったからであろう。だから、挫折でない。攻撃的撤退である。

膨満した男たちが腹部に木筒を当て合って
互いの胎児の心音を探っている
　僅かに胎動する手足の短い鯰
安堵する男たち
吐息が男たちの背後を慰撫すると
澱んだ室内をうねうねとうねる
泥鰌の群
　　　　鈍く明るい障子を
その影たちが墨流しに染める

まるでブリューゲルの民画空間である。ユーモラスで、グロテスクである。ブリューゲルの名が出たついでにいうならば、嵩の「明日の王」はヨーロッパ中世の遍歴する騎士物語の匂いさえする。

嵩の詩の一面性として、物語性がある。自伝性が詩語を媒介に虚構転換し、バラッド性を帯びる。譚詩の趣きを呈するのである。いつも、おびえるように走りたがるロマンチックな譚詩である。

このスピード志向には、渋滞性がつきまとう。グズと疾走。いつも、なにかを「探っている」からである。探ることに断念し、飽和すると、言語の球形を転しながら一目散に走りだす。遁走曲だ。そこから哄笑の破片が汗の宝玉となって四方八方にはじきだされ、ナンセンス・ヴァースの趣きを呈する。欝の解放の自動手記ともいえるが、そのほうりだしたものをあとでしっかと精錬させる時間を詩人はもてるのだ。詩人の特権である。そのために嵩は、詩を書くのであり、詩人となる。しかし、その哄笑出自はブリューゲルのように土くさくない。「父」は、たしかに「男」である。「父」の属性を克服するため「赤い沼」に戻った詩人は、「父」を「男」に還元した。嵩の詩で引くなら、「一個の睾丸で少年を生んだ紛うことなき一人の男正しく私の父であった」という当り前である。当り前は、つらい。当り前がいやさに、それを埋葬した。ただ「男」とした。それも単数としてでなく、複数の「男たち」としてである。「父」本位にいうなら、男に還元するだけでなく「男たち」の中にまぎれこましてしまったのである。しかも、第八篇「屈まる男」では、みな妊娠している。男たちがみな「膨満」しているのは、腹中に胎児を宿しているからである。

ここには、詩人のおびえがある。母―女へのおびえである。妊娠の力を男たちが奪ってしまうのだ。この転倒した夢想。

「膨満した男たちが腹部に木筒を当て合って」「互いの胎児の心音を探っている」イメージは、なんともグロテスクな構図であり、「僅かに胎動する手足の短い鯰」を確認して「安堵する男たち」のさまは、微笑ましいというより、どこか諷刺のトゲがある。生命の神秘は、なんともこそばゆいではないか。生きていると知って安堵し、吐息をつく人間風景に対し、むしろおぞましさを感じているところがある。

安堵の吐息とともに、泥鰌の群が室内にうねり、「鈍く明るい障子を」「その影たちが墨流しに染める」。嵩文彦は、幽霊を見たことはないらしいが、幻視といわないまで、おそるべき透視の詩人である。この透視の才は、たかが想像力を上廻っている。異形の日本画のような泥鰌の群は、うごめく精子であろうか。かつて、若いころ、取材中に、私が顕微鏡の中で覗き見た精子たちの泳ぎは、ピッピッと刃物で裂くような鋭いものであったが、そうでもなさそうだ。初期のこのなまなましい泥鰌の群は、初期の胎児であろうか。

近視の男は頑なに

腹部を抱えて屈まっている
黙している男の胃袋で
緩やかに融解していく白葱
男の頭蓋に拡がっていく蓴菜の沼

ここでようやく表題の「屈まる男」が出てくる。せっかく女から妊娠の特権を奪った「男たち」の一人にもなれなかった「近視の男」が出てくる。彼は「近視の男」と他人視しているが、「私」にほかならない。その男は、抜本的なイメージの革命により「膨満した男たち」の一人となったにちがいないが、やはり、たがいに「腹部に木筒を当て合う幸福な遊びを選べなかった男である。男たちの安堵のしぐさに、おぞ気をふるい、「頑なに」「腹部を抱えて屈まっている」のは、そのためだ。己れのイメージに自ら下痢している。「女」を袖にすることにより、「女」に脅かされている。そのグロテスクに嘔吐している。

私は、この歪曲透視もイメージにそれこそ抱腹しながら、嵩文彦個人のことを思いだす。嵩は、内科の医師である。この詩のイメージの源泉に、彼の内科医としての日々がある。

その疲労により発語できなくなっている彼の姿を見たことがある。内科は、透視の術を必要とする。外から内を診るのである。その透視の術とは人間術のことだ。その体験の影が詩の上で活性化されているともいえる。

しかし、それは、彼の詩の絶対条件であるはずがない。たとえば、私は医師でもなければ、解剖学に通じているわけでもないのに、男でも女であれ、人を見る時、洋服ごしに裸を見るのでなく、さらにその奥なる内部の臓器を思ったりする悪癖がある。気持が悪くならず、むしろエロチックを感じるタイプだ。他人だけでなく、自分に対してもそうする。食べ合わせた不安を感じる時など、まだ見たこともないわが胃袋の中にそれらの食物を陳列したり、撹拌してみたりする。工合いを見るためである。

私の知るかぎりの嵩は、美食好みのいやみな食通でないが、おいしいものに目がない。なんでもいいという無頓着派でない。一見なんでもよさそうな風態であるが、なんでもよくはないのである。「黙している男の胃袋で」「緩やかに融解してゆく白葱」「男の頭蓋に拡がってゆく蓴菜の沼」。私は、この詩行を読みながら、この胃に融け頭の中に拡る白葱も蓴菜も、精選された生きのよいものばかりだと思ったりする。が、このような透視のイメージは、泥鰌と同じように、彼の日々の空間にあるレントゲン撮影などの経験がしのびよって詩に活化されているのだ。

それはそれだけのことで、医師出身の詩人がみなそうなるわけでない。あの透徹した文体をもった森鷗外も、医師であった。軍医である。医師でありながら、高級官僚であった。軍医総監である。そして、文学者だった。いったい、このような職業をかさねもった人間は、どのような物に対する目をもち、どのように想像力の質をもっているのだろうか。鷗外の娘森茉莉は、『父の帽子』の中で、こう述べている。父を冷たい人間だ、傍観者だという世間の批判に対し、娘として異論をとなえている。

「父の〈傍観者〉は、父が、理性的な為めに、頭のいい為めに、意志の強い為めに、つまり偉い為めに、構えるようになった人間としての、文学者としての、一つの態度ではなく、根本的なものだ。父の〈傍観者〉は父の塊りから来ているのだ。無感情な塊り、その固い物質をもっていた父は、いやでも傍観者にならないではいられないようになった。」

傍観と客観は、どうちがうのか、よくわからない。森茉莉には、区別なく、同じものとして言っているのかもしれない。

医師は、患者の目から見て、二つの評価にわかれる。否定的には冷たさである。この冷たさも、命を救われたりすれば、神のやさしさとなる。患者は、つねに主観的である。医師の冷たさの印象は、病状を見きわめるため主観を排する習性があるため、そう見えるのだとも言える。患者の喜ぶやさしさは、主観的である。そのため、なまじのやさしさは、誤診を生む。しかし、客観的姿勢によって誤診がないかといえば、そうはいかない。逆にやさしさによって、病巣がなおってしまうことがある。やさしさのうしろに冷たい目をもっている必要があるし、冷たさのうしろにやさしさが必要ともいえる。

文学者は、主観的生きものである。しかし、この主観を生け捕ってかたちにせねばならず、たえず背後に冷たい客観の目が光っている。自分さえ他人ごとに見る目である。この二つは森鷗外にも、嵩文彦にも重なりあっているものだろう。内面では、ジレンマがある。嵩は、時に暴走し欝に入り、森鷗外は、ジレンマさえも抑えこんでしまう。

森茉莉は、鷗外の中に住む冷たいといわれる理性的な「傍観者」構造を、否定しないし、職業性に帰すこともしない。「父の塊り」から来ているとしている。それは、「無情の塊り」だという。それは、医師であり文学者であることによって生れたものでなく、それ以前に天然として備わった「塊り」だというのである。

森茉莉は、自分の中にも「人情をもっている積りでいても」、どうしてもそうなってしまう「塊り」があるという。あらゆるものに対しての愛、厭の薄さをある時は苦痛と感じ、ある時は都合よくも感じられるが、それは「塊りのある上に軽薄さがある」ために起ることで、父にはないものだった。「底に無感情なものがあるのに係らず」、溢れるような愛を示すことのできた父を偉大だと思うが「軽薄な所のある私の塊りよりこういう風であった父の塊りの方が気の毒に感じられてならない」としている。「少女」にとっての「父」とは、なんだろう。「父の塊り」は少女のほうが、少年よりもよく見えるような気がしてならない。女―妻なる母は、案外に見えないのかもしれない。少年は、敵視に忙しく、見えるはずがない。いや、見たくない。

猫背の少年の一擲の石が欲しい
澱んだ水面が大きく波立って
膨満した男たちは溺死して欲しい

「父」は消え、「私」は消えたが、まだ「少年」は、生き残っていたと知る。自分を生み出した「女」から妊娠能力を奪ってみたところで、黙し屈むしかなかった男は、「猫背の少年」の力を借りて、「膨満した男たち」の溺死、退散を願うのである。

父は留まる者か通過する者かを選べ　と言われた時
黙って父親のもとを去った
父の目の底で
いつまでも揺れ続けている
黒いもの

この詩行は、第三詩集『父』の「通過する者、または留まる者」の中にある。『明日の王』は、それまでの詩で確かめた自我の格闘をコンパクトに意図的に集大成したといったところがある。その種子は、だから、これまで書き散らしてきた詩のあちこちに包芽している。「隻眼の馬よ　お前の深い眼窩に沈む赤い沼を　私はどうしても避けられない」の詩句を「父の目の底で　いつまでも揺れ続けている　黒いもの」と照合比較することもできるだろう。単純照合すれば、「隻眼の馬」は「父」であった。少年の父であり、母の夫であり、神でもある。「留まる者か通過する者かを選べ」の声は、神なる父である。「留まる者」を選べという父なるものは、あきらかに「私」の母、「父」の妻を愛している。嵩は、この自らの父を「地方病」と規定したことがある。丁半の確率で「留まる者」を選べ、と父が言う時、そこに矛盾がある。父は、「通過する者」を選んで、北海道に住みついたからだ。つまり、自分の家や、おそらくその父と闘ってきたであろうという退屈なまでの系統図に気づかざるをえないからだ。

いずれにしろ、「私」は、「男」に変じて、「第七篇」の「赤い沼」に戻ってきた。ここには、ねじ切るような断念があり、生命の誕生に喜ぶことはできず、「少年」という黄金の虚構の力に救済を求めるしかなかった。

遠くまで歩いてみたい気がする
朝はいつも僅かながら男を促がすのである

「第九篇」の「水槽」の出だしである。出奔の衝動、家を出て旅に出たいという心が、なお治っていない。朝は、家出の気分を誘う時である。「いつも僅かながら」、そういう気がおこるのは、自制し自戒しているからである。

散歩は、旅の一種である。遠くまで歩いてみたいのは、散歩の快楽としてでない。漂泊衝動である。家出の願望、家からの脱出の夢は治癒していない。だから「遠くまで」なのであるが、この夢は、「男」の文学衝動なのかもしれない。

伝記実録的には、嵩の父は、佐藤春夫の弟夏樹と和歌山県の新宮中学の級友であり、生涯親友であり続けた。二人共故郷を遠く離れた北海道十勝、夏樹は豊頃町十弗《とおふつ》に、嵩の父は帯広に定住した。二人共、「地方病」だったのだろうか。高校時代、彼は、医者になるか文学の道を選ぶか、迷ったときく。私は嵩と同級生だったが、そのような迷いを夢にも知らなかった。嵩によると父親がひそかに佐藤春夫に、詩を送って批評を乞うたという。父親としては、見込みがあるのか、生計をたてられるのかどうか、を問いただしたかったのだろう。文学を生業としているものは、才能を認めたとしても、食っていけると答えられるものは、一人としていないだろう。佐藤春夫と縁の深い「三田」へ行きたかったらしいが、偶然のいたずらで、私は慶応大学の文学部へ入った。私は、しかたのない生きかたをつづけざるをえないが、嵩文彦は、しかたのある生きかたの中で、詩を継続している。嵩には、もうどうしようもない「塊り」が天然として備っているのだと思うしかない。

男は昨夜の手紙を持って下駄を突掛ける

薄汚れた商店の前に空地がある
そこに何時の間にか水槽が置かれているのである

「遠くまで歩いてみたい」といっても、あくまで「気がする」のであって、そうしないという自己チェックの鎧ができている。そこに、そこはかとない淡さが流れる。しかし、「僅かながら」の可能性がある。そそのかすのは、目の醒めた朝の空気である。が、自己制御のほうが、はるかに立ちまさっている。だから、昨夜したためた手紙をポストへいれるため、散歩へ出る。しかも、足もとは下駄である。

「遠くまで歩いてみたい」は、あくまで、はかない気分であるようにコントロールされているのだが、家出（自由）への衝動は、しこりのように残されている。そのため詩は、なんでもない朝の気分を描いているようで、「あやうさ」の空気をも同時に孕んでいる。

そのため、「男」は、「薄汚れた商店の前」の空地に、「水槽」を発見する。

「そこに何時の間にか」と、詩人はトボケている。散歩のコースが、無意識のうちに定まってくるのは、そのおきまりの風景に日々変更があり、また自分の心に日々変化があるため、倦きないのだという要素がある。

この場合は、どうかといえば、当然、詩人の妄想である。現実的な幻想を詩という現実に転換した妄想による物的配置である。これを詩人の力という。妄想といわれてもしかたのない詩人の妖力であり蛮力である。「遠くまで歩いてみたい」という衝動のおこる日々への恐れが詩的現実化によって、おそらく散歩のコースに「水槽」が置かれたのである。オトボケとはこのことだ。この「水槽」は、嵩文彦の詩を長く読んできたものにとって、すぐ水鏡のイメージと連想できるところのものである。危険な自分を引き戻すための制御装置である。それは、呪詛の如く襲いかかってくる倫理装置である。私は、いつも弱さより、強さを感じる。嵩の詩がもつ弱さは、雄々しさだとも思っている。「明日の王」でいえば、隻眼の馬の「眼窩」が、水鏡の役を果たした。眼窩にはめこまれた水晶球に赤い沼が映っていた。

薄暗い水の中に男の背中が見えた
裸になって服を着ようとしているのである
女は男の脇に立って僅かに腕を動かした

水槽に映る「男の背中」は、下駄を突掛けて朝の散歩に出た「男」のものであり、他の男でない。横の女は、「妻」であろうか。なぜ背中なのか。背中だけでも、男は、だれとわかるが俺だとはいわない。女も背中であろうか。背中だとも、こちらに向いているとも言わない。これが嵩の詩の特質である曖昧にして明快、明快にして曖昧のイメージである。なぜ、背中なのか。それは、待ち伏せの予感通りに待ち伏せていた嫌悪の自己否定像が写っているからだ。「遠くまで歩いてみたい」という気分を促す根源をなすもの、その気持に水をさす倫理（義務と責任）の根源でもある。「赤い沼」だともいえる。なぜ、「背中」なのか。素早く「背中」にしてしまったのではないか。詩には、その自由がある。

こんな澱んだ水槽には
大きな鮫が廻游していなければならぬ
今しも男の肩に牙を剥き
血が煙のように濁った水槽に漂わなければならぬ
春ならば満開の桜が散りしきらねばならぬ
花弁に埋れた水槽は柩のように艶やかであろう

観念の殺人劇である。「観念はエロチック」という嵩の資質が、もっともよくあらわれた詩行で、「ねばならぬ」の連発は、観念の強調でなく、むしろ含羞である。「ねばならぬ」は、「であろう」でもある。この含羞は、弱質の暴露でなく、信頼するにたる図太さである。この自己虐殺は前の詩篇の「猫背の少年の一擲の石が欲しい」とつながるものであり、恣意の暴虐にすぎない。「少年」の手を借りなくなっただけ、成長したというべきなのだろうか。

みんな怠惰に暮したっていいのである
水槽の男は皺のない下着の上に乾いた背広を着て
平静な歩巾で歩み出すのであろう
下駄の男がもっと歩きたいと思っていると
もうポストに着いてしまっている

ここには、残念とともに安堵がある。二十世紀の日常風景がある。殺人劇は、一瞬の佯《よう》劇《げき》であった。「水槽の男」と「下駄の男」は、あくまでも別人の顔をして擦れちがったわけだ。かけがえのない、幻の「少年」の出動も必要としなかったが、心がこれで、すっきりしたわけでない。

男は満たされぬ思いのまま
自らの水槽に向って戻りかけるのである

第九篇「水槽」は、このようにして幕が切れる。「水槽」が、「赤い沼」であることは、あきらかである。「自からの水槽」といっているのだから。用心深く「私の」水槽といっていない。あくまで「男」の「自から」なのである。

「明日の王」の終尾となる第十篇「スキップ・トリップ・トリップ」は、「軽快な」詩題である。

男は縞々のパンツを穿いてみる
縞々のズボンを穿いてみる

そうやって軽快に
螺旋階段の手摺りに股がって
滑り降りてみる
どこまでもどこまでも降りてゆく

ここでも「私」は、登場しない。「男」である。「男」は、六度も出てくる。この「男」は「私」にほかならぬといっても、無意味である。「男」は、もはや「私」であって「私」でない。「男」は、「私」から自由になりつつある。

なぜ、男は「縞々のパンツを穿いてみる」のか「縞々のズボンを穿いてみる」のか。スキップするためだ。縞《ストライプ》は、スキップを誘うからである。子供のころ、線路の枕木をスキップするのを好んだ。スキップを開始すると、もう止まらない。汽笛を忘れて、枕木から枕木へと跳んだ。「俺」も「僕」も「私」もいなくなる。「男」だっていなくなる。枕木は、考えてみれば、縞のパンツだったのではないだろうか。

とはいえ、この詩では、「男」は、きちんと存在する。縞のパンツとズボンの魔法で幼児帰りしたかのように「螺旋階段の手摺りに股がって」「滑り降りてみる」。「どこまでも

どこまでも」というところが、読んでいて嬉しい。しかし、哀しい。悪夢でもある。悪夢は、しばしばこの軽快さを伴う。この悪夢の遊びは「男」の擬態でもあるが、もはや、かつてのようにわが「少年」を招霊することはない。「私」を追放した「男」こそが、幼児になっているからだ。幼児の心は、少年の心のように傷つかない。幼児、いや胎児の時からさえ、物にふれるたびに傷ついているのかもしれないが、傷に気づかない仕組みになってガードされている。男は、そのからくりに乗じてスキップする。どこへ？「トリップ」するためである。とすれば、またもや挫折を繰り返してきた家出の決意にはずみをつけるため男は「縞々のパンツ」をはいたのだったのか。

「眼窩に拡がる葡萄棚
憎形の鳥が降り立ち
爛熟する累卵の房々を啄む」

なぜ、括弧で、だれかの詩でも引用するかのように妄想のイメージをくくったのか。「眼窩に拡がる葡萄棚」。幼児化の秘法を用いた、あらたなトリップに早くも頓座が生じている。眼窩は、水であり、鏡である。水槽であり、赤い沼である。これまでは、家へ戻れ、故郷へ戻れ、生業に戻れの暗号であったが、ここでは、すこし違った。「爛熟する累卵の房々を啄む」。私は、この詩句につき当り、どこかで類似のイメージに触れたことを思いだし、『明日の王』をめくる。第一篇「赤い血の少年たち」の中にあった。蛇の頭は、虎の尾を咬んで、円環を閉ざそうとしている。

大きな鳥の卵を降らせるのは
天の父だ

「累卵」でない。空からキャベツ畑に降ってくる「大きな鳥の卵」だ。「少年たち」はモリモリと肥大するキャベツ畑の中を喜々として、この爆弾のように降りそそぐ「大きな鳥の卵」を避けて遊びまわる。

彼等の頭蓋骨が卵殻を砕き
彼等自身を黄味と卵白で光らせるために

第一篇の「赤い血の少年たち」は、自分たちの頭で卵殻を砕いた。第十篇の「スキップ・トリップ・トリップ」では、「僧形の鳥」が、「累卵の房々を啄む」のである。退屈なまでに繰り返される生命の神秘に逆戻りしている。痛哉。なんということだ。

男はなだらかな丘の上に立っている

思わず落涙しそうになる一行だ。丘の上に立って見はるかす時、いつも意識が、うしろへ吹っ飛び、わが三兆一個一個の細胞たちのおぞましく騒がしき意識が、あわてて息を呑み、目をつむるのを私は感じる癖がある。それは、寧静の一刻である。嵩は、どうなのだろう。だが、このまかせ切った寧静の時は、長く続かない。意識が、あちこちで灯をともしはじめる。落葉を踏んだ足の裏の意識。肩甲骨の意識。慣れた目もまた意識しはじめる。

立ったまま固く抱擁している
二人の男女が見える

大きな白い卵子が輝いて
　女の腰部を照らしている
太くはないがしっかりとした腰だ
固くて白い骨盤が
赤い筋肉にうずもれている

「男」は、丘の上から「二人の男女」を見とがめる。抱擁しているのかどうか、詩からはわからない。「男」は、アヴェックのうち「女」のほうに目を注ぐ。すぐに透視癖（皮肉な哲学癖にもおちいりやすい）がムズッと動きだす。或いは、人体を職業的なレントゲン撮影（顕微鏡的でもある）に還元する目癖である。この癖の中には、生れてきたものとしての怨みと、みな知らずに生れてくるものであることへの諾意とがいりまじっている。つまり、ここでは男の精子の突入を待ちかまえている輝く「大きな白い卵子」の浮いている女の腰部であり、その結合による人間の誕生をたしかなものとする「固くて白い骨盤」である。この眼差しの病いは、かつて第二篇の「明日の王」で川を遡上する緑色の魚たちの白骨を透視した時にも生じたものだ。川という水鏡の中で、「私は突然女のことを思い」、その赤い肉を透かして女たちの「白い骨」を見た。

この十連の詩は、まさに大団円を迎えていることがわかる。「大団円」は、ハッピーエンドではない。無限地獄に陥り、きりがないので、円環をひとまず閉じることである。だが、繰り返しの循環地獄の中で、すこしは変っていないと、救いがない。変化があったとすれば、「私」の確信犯でなくなったことだ。己れを他人視する自称名詞は「男」に変っている。「明日の王」では、さらにそこから母を連想し、「錆びた鋏の下で眠っている」父へと心は及んだ。この大団円に当る「スキップ・トリップ・トリップ」では、「男」か「女」か特定できない「人」の死である。そして人の誕生の予想である。「赤い筋肉にうずもれている」から、あらたな連想を待つように息を沈めるため二字落ちして

細くて高い一本の煙突から
薄っすらと白い煙が立ち登っている
人が死んだのであろう
　明日人は生れるであろう

おそらく、「父と母」を克服している。人間の無意味なまでの（しかし葛のようにからんでくる業のDNA地獄をたずさえての誕生と死の無限循環に思い至る。「明日人は生れるであろう」は、さらに一字落ちる。「父と母」に連想が落ちてこなかったことに、ほっとしたのか、スキップしながら丘を降る。

男は丘をスキップしながら降りてみる
男の腸管はうねうねと踊る
そのうねうねとした腸管の中を
ゆったりと流れてゆくキャベツの繊維

この類似のイメージは、第八篇「屈まる男」の中にあった。「黙している男の胃袋で」「緩やかに融解してゆく白葱」「男の頭蓋に拡がってゆく蓴菜の沼」。私は、読みながら、はらはらと危険を感じる。スキップしながら「腸管」を連想したからだ。スキップの歩みは、腹にこたえる。丘を降るとならば、さらにはずんで、内臓に響く。腸管の内腔を水鏡にしてしまうおそれがある。

「望楼に登って遠くの野火を見ていた
女が尻を捲ると
川を渡った
牙のある大きな魚属は立腹して
女を引き裂いた
魚属よ　お前も女から生れたではないか」

二度目の括弧くくりである。一度目は、螺旋階段の手摺りを滑り降りしている時に発生した。二度目は、丘をスキップしながら降りている時である。総じて嵩の詩は、連想の旅という構造で成立している。旅は、戻るという円環性をもち、その途次は人生に似ている。つまり伏線が生じる。嵩文彦は、きわめて珍しく寸篇をもって構成的に挑戦したこの連作詩では、その歩み落した伏線を丹念に拾って（私はこれをまくりという）大団円の輪を閉じようとしている。

括弧でくくられた最初のイメージは、「累卵」のめくりであったが、次の括弧は、「女」

である。かつて第三篇「市場」で、「女」を登場させた。その「女」は、母とわかってい て、わざと「女」と呼んでいたのであった。しかし、第十篇の「スキップ・トリップ・トリップ」の尻を捲って川を渡る女は、母といえないだろう。まさに望楼から見下している時に見ただれか「女」なのである。ましてや「妻」の代名詞といえない。「母」も「妻」も含まれたとしても、川を渡る「女」の属としてである。

「男」＝詩人を襲った暴力的イメージは、川の牙のある魚属に命じ、尻まくりの女を引き裂いている。鮫をだまして皮衣をむしりとられた因幡の白兎の昔話を思わせるが、「魚属よ、お前も女から生れたではないか」と叫んでいる。

この叫びの主は、詩人である「男」であろう。魚属に引き裂くことを命じたのも、詩人である。女をさかんに女、女と馬鹿にする男がいる。ついに耐えかねた女が、お前だって女の股から生れたのではないかと逆襲し、男はシュンとなってしまう光景を何度か、これまで見たことがある。

とすれば、「魚属よ　お前も女から生れたではないか」は、引き裂かれた女の逆襲の声であるともいえるのだ。「男」は、肉親で出発した「女」の体験を「女属」にふりかえたが、その啖呵を浴びたともいえる。かならずしも、詩人が、わがうちなる「女」への意識

を整理することに、ようやく成功し、まだ大人になりきれていない魚属をたしなめたとか

ならずしも、言えまい。

男は便意を催して
太くて固い野糞をした
男の肛門は丈夫ではない
男は町の方向に痛々しくスキップして急いだ

男は、「スキップ・トリップ・トリップ」と「赤い沼」からの脱走を、しょうこりもなく第十篇でも試みたにちがいない。引き裂かれた女の恫喝により、またもや挫折している。萎縮し、便意を催し、「太くて固い野糞」をしてしまっている。泥棒は、人家に侵入する前、その庭へ糞をするというが、不敵のしるしとしてでない。緊張のあまり脱糞するのである。「男」が、不敵であろうはずもない。

肛門は丈夫でもないのに、野糞をしてしまい、丘から、またスゴスゴと赤い沼のある町へと戻る。

しかも「スキップ」しながらである。最初の元気な脱走のマーチとしての「スキップ」でない。肛門が痛いので、痛みをこらえるため、「スキップ」になってしまうのである。ここにある笑いは、なさけなくも、なんと雄々しい負け犬ぶりであろうか。しかも、「男」は、銭湯にまで入り、傷ついた肛門を洗っている。

洗いながら
ひっそり愛している女の肛門のことを思い
少しばかり淋しくなった
それから
どうやって片目の猫のいる家に戻ろうか
思案した

ここで『明日の王』の第十篇は、幕を閉じる。「ひっそり愛している女の肛門のことを思い」、どうして「少しばかり淋しくなった」のであろうか。この「女」は、だれか。「切れた肛門」を持たない「女」なのだろう。詩人は、ついに「男」で通し切った。「女」を

「女」のままに、なにものにも還元しない。

男は、完全に「赤い沼」へ帰るつもりでいる。親と喧嘩し、こんなところにだれがいてやるもんかと外へ飛び出した「少年」のように、しおしおと家に帰るつもりになっている。きまりは悪いが、イメージの虜囚である蕩児の帰還である。ほろにがさで、詩人は、大真面目をはずしているのである。「どうやって片目の猫のいる家に戻ろうか」「思案した」で詩は終る。ひとまずの「大団円」である。

「片目の猫のいる家」。このモデルになった猫を私は知っている。「丹下」だろう。私は、コンパクトカメラに収めたことがある。詩の帳尻の上でいえば、「片目の猫」は、お前はどうするかと決断を促した「隻眼の馬」であろうか。

隻眼の馬よ
火の山に向って私たちは
影よりも早く駈けて行こう

「明日の王」たらんとして、この勇ましい掛け声を守護神「隻眼の馬」に代り、新たな守護神となった「片目の猫」へ向ってあげるのだろうか。「片目の猫」がいるかぎり、意識の蕩児は帰宅できるのである。いずれにしろ、「溯ってゆく緑の魚たちの行きつく所を」「見極め」ることはできない。しかし彼の家に居ついた野良の「片目の猫」がいるかぎり、諦念の処世術は許されないだろう。危険《あやうさ》は目に見えている。だから詩人は「思案する」のである。「思案する」の発語は、なんともスリリングである。

「私」を切り棄て、「男」で通した『明日の王』の第八第九第十の後半三篇は、やはり新たなる悪あがきだったことを証明して終った。まさしくドン・キホーテの武勇譚でもある。なんという壮観なる悪あがきであろうか。死ぬまで、人間は悪あがきせねばならぬことを教えてくれるのである。嵩文彦の詩は、真摯と誠実に溢れているが、悪ふざけという明哲の光にいつも満ち溢れている。誠実だけを見るな、悪ふざけだけを見るな。詩人の意識（イメージ）だけを見るな、詩人の観念（宇宙）だけを見るな。詩人の現実（生活）だけを見るな。もし彼を、彼の詩を否定するような時があるとするならば、その時、もっとも彼に、彼の詩にその人は救われていることになるともいえるだろう。嵩の詩宇宙は否定などというものを（肯定も）いつでも先き取りされている構造になっている。

この『明日の王』の以後、彼の誠実なる悪あがき、真摯なる悪ふざけの精神（私は「天問」の精神だという）は、一見、方向転換したように思われる。私は、「家族の幸福」もの、「台所もの」と名づけている。林房雄みたいだなと思ったりもしてみる。しかし、もともと嵩の詩の中にあったものの拡大だともいえる。『台所という宇宙』『生きてゆくということのなつかしさ』という二冊の詩集となって、ひとまずまとめられているが、今もなお「家族の幸福」ものは、結着がつけられていないで、続行している。「さらば少年よ」の詩人は、軽快に苦しんでいる。

「失せろ！　故郷」の詩人は、その「赤い沼」に「宇宙」を発見したかの如くだ。

父親はいつも
流浪と定着のあわいで
悩んでいるというのに
放浪ひとすじ
一直線

『生きてゆくということのなつかしさ』の中の一篇、「春が近い」からの引用である。「健一郎へ」とわが息子への献辞が入っている。

やっと、「自我のベルト」の嵩文彦は、一皮むけたなと思う。まず彼の詩から、「私」が戻ってきた。気がむけば「僕」「俺」にもなって自在である。もともと、嵩の詩は、「私」に満ち満ちていた。「私」を「男」に転換手術したのは『明日の王』の後三篇のみだった。『台所の宇宙』時代に入った嵩文彦は、たちまちその「私」をとり戻している。もはや、かつての「私」ではない。「私」などというものが、いかにいいかげんであやふやで、それでいてかけがえのないものであることに自信をもった「私」である。

もう一つの大きな変貌がある。ようやく自分を「父」の仲間にいれたかのごとくだ。それまで、この詩人の「父」は、けっして詩の中で、自分も「父」だとふりかえることはなかった。己れの「少年」に執している以上、「父」は、自分の「父」がモデルにならざるをえない。死んでも、つきまとってくる。その「父」は、つねに「母」を影法師のように従えていた。父を殺し、母を殺し、無明が父であると悟ったとでもいうのか(『臨済録』)「台所」を宇宙としてとらえかえした時、詩人は、遅まきながら、自らを「父」と認定しえた。同時に「妻」や「子」が、おびただしく立ち現れるようになった。もはや家は、「赤い沼」でない。

あやうきかな、「台所という宇宙」のシリーズは、嵩のあらたなドン・キホーテの旅のはじまりである。ひょっとすると、陽気なポルタガイストのように台所ではしゃぎつつ、未踏の暗黒の地に嵩文彦は、足を突っ込んで歩きだしたともいえる。「冥茫八極《めいぼうはっきょく》、心兵《じんぺい》を遊ばしめ、坐《そぞ》ろに無象《むしょう》をして声あらしむ」（高青邱）、台所のあれこれは、嵩の心兵との交流により、声をあげて喜んでいる。

とうとう私たち
海に出てしまう
プカリプカリ夕焼の海に漂い出る台所
とても気持ちいいみたい

「駆けっこ」

ここでいう「私たち」とは、「台所」と「私」のことである。どのようにこのあと、新たなる新冒険シリーズを総括してみせるか、読者として、友人として、わくわくと気持をたかぶらせて待っているのである。そのあとに、もう一つ、かならず大きな山がくる。私は、楽しみに待っている。

平癒せし折翅の雁にさそふ風

嵩文彦

二〇一七年五月末に東海晴美さんから一通のおたよりをいただきました。一九九八年三月に亡くなった草森紳一の遺品を整理していたら、詩画集『明日の王』の中の私の詩十篇の評釈をした原稿が出てきたとのことでした。この詩画集は画家片山健さんのリトグラフ十葉と私の詩十篇からなるもので、装幀は戸田ヒロコさん摺師加藤南枝さんによる豪華本で定価九万円、版元は札幌で前衛的な絵画を中心にあつかっていたNDA画廊、刊行されたのは、一九八二年でした。さっそく草森紳一手書きの原稿と何度もプリントアウトされ、それにさらに加筆訂正され、そこには二校、三校という朱の文字の入ったものを送っていただきました。まだ決定稿には至らぬまゝ途中で作業は中断され、出版は断念されたものと思われました。この原稿をいつ頃草森紳一が執筆したか、その時期なのですが、彼の論考で触れている私の詩集は『生きてゆくということのなつかしさ』までで、これが一九九〇年一月二十五日発行のものです。私が詩から離れる前の最後に出した詩集『青空の深い井戸』（一九九三年十月二十日発行）には触れておりませんから、一九九〇年から一九九三年の間だったと思われます。

九年前に亡くなった盟友草森紳一の、しかも私の詩について書いてくれている原稿をこのまゝお蔵入りさせてしまうわけにはいかない、それは友達甲斐のないことだと思いました。いや、本当のところは高慢かもしれませんが、こう言いたかったのです。草森紳一は詩人嵩文彦の作品に心動かされたのだ。心を刺すものがあったのだ。だからこれに迫ってみよう、分析してみようと。そこで彼はキーワード「父」に気付いたのです。もちろん友人嵩文彦の作品でなければ本にしようとは思わなかったでしょう。それは確かなことです。とにかく『明日の王』の詩十篇は彼をとらえたのです。

原稿をしっかり読んでみますと、スリリングな草森紳一らしいユニークな視点に満ちた文章です。芝居でいいますと、場面展開が早く物語は明るく明解に進行します。よし、本にしようと決心いたしました。念のため何人かのかたに読んでいただき、世に出せる内容のものだとの感想をいただきました。

本人のいない所で未定稿を書籍にするのは大変な作業だとはちっとも考えず、とにもかくにも本にしよう、本にしようと思ったのでした。そう無鉄砲に進んでいってよかったと思っています。熟考タイプの人だったら止めていたかもしれません。正に「大冒険」だったのでした。

草森紳一のつけたタイトルのことなのですが、私の第一詩集は『サカムケの指に赤チンをぬる栄華にまさる楽しさ』という長いものです。詩集のタイトルをこのように長いものにしはじめたのはおそらく私が初めてなのでないかと思います。草森紳一はそれを意識して〈羽根の折れた水鳥　嵩文彦の詩に氾濫する「父」なるものを頭に（心ではなく）念じおきつつ、詩画集『明日の王』の評釈を試みる〉としたのでしょう。「羽根の折れた水鳥」は「明日の王」の中の継ぎはぎ服の男に調教されている鳥でした。このタイトルの書いてある原稿の表紙の所に筆ペンの太い文字で「折翅の雁」と書いてもあるのですが、「羽根の折れた水鳥」を消してありませんから、どちらにするか迷いがあったのかもしれません。たゞ、イメージとしては雁のようなずん胴で短足の水鳥より折れそうに脚の長い白鷺のような水鳥のほうが、つきはぎ服の男には似合っているように思えます。

それから「父」なるものを「頭」に念じおくのと「心」に念じおく、この二つの違いですが、「論理」で押してゆくのと「情念」で押してゆくのとの差異、自分は「父」なるものを理屈で攻めてゆくんだぞ、とその覚悟を語っているのだと思います。たぶん「父」―「子」の関係を語るとたやすく感情論に突入してしまうから、その警告としてわざわざ（心ではなく）を挿入させたのでしょう。

東海晴美さんは長い間草森紳一のパートナーでした。彼にはじめて会ったのは一九七七年だったそうですから、その期間はおよそ三十年になります。彼女は草森紳一を偲ぶ会や、

「友人と仕事仲間たちによる回想集」『草森紳一が、いた。』の出版や、さらには彼の多くの遺稿を世に出すという大切な仕事の核となったかただと思います。もちろん一冊一冊はそれぞれ草森紳一と深い信頼関係にあった編集者のかたがたの熱意がなくてはならなかったわけですが、やはり東海晴美さんあってのことだったことは誰しも認めるところでありましょう。

永代橋のたもとのマンションに残された厖大な蔵書の整理には草森紳一と親交が深かった編集者の円満字二郎さんやのこされたお子さんたちも力になりました。娘の笑子さんと異母兄の幻さんを蔵書整理に参加させたのは、草森紳一の集めた本に触れることによって二人の父をこれまで以上に知るのに良い機会であると考え、積極的に参加させたとのことでした。しかしこの蔵書の受入れ先を見つけるまでの御苦労は東海さんにとってはとても大変なことでした。紆余曲折があってようやく帯広大谷短期大学（現学長田中厚一氏、当時は中川晧三郎氏）が引受けて下さいました。本当に大英断だったと思います。これは当時教授だった田中厚一氏の尽力があってのことに違いありません。ただそこには、私と帯広市立第三中学校で同級だった神谷忠孝が、かつて北大教授として田中厚一氏の指導に当ったという、人間関係も働いていたのだと思います。それはそれとして田中厚一氏の存在があってのことでありました。感謝の言いようもありません。校舎は現在校名に「帯広」がつきますが、草森紳一の生れた音更町に移転しております。厖大な蔵書の整理など全ての作業は副学長の吉田真弓氏のもとに行なわれております。

草森紳一と東海晴美さんは「結婚」という国家及び社会の認定制度下には入りませんでした。「戸籍」という制度で安定した家庭（かつては、あるいは今もある「家」）を築かしめることが国家の基盤になりますから、今でもこの認定制度下に入りませんと不利益が生じます。国家がなかなか夫婦別姓を認めないのも理由はここにあります。

私の所は、母が坂元八重のまゝ他界いたしました。父と母は結婚という制度下に入ることを望みましたが、父と既に結婚して二男三女をもうけていた妻そよさんの「絶対に籍は抜かない」との決意表明により、母は坂元八重のまゝ私を生みました。それで私の戸籍は「父、嵩文雄。母、坂元八重。男、文彦」となっております。子供の時は、こんなことがすごく気になるものですね。高見順も戸籍を気にしましたね。彼の場合は「てゝなしご」でしたから、もっともっと気にせざるをえなかったのです。大学に入ってから、もう二十年以上事実婚を続けているのだから、家庭裁判所に行ったらどう？　と話しても両親はちっとも反応しませんでした。やがて私も自分が書類上「庶子」であることには全く気にならなくなっておりました。

父、文雄は明治二十八年一月八日生れ。妻そよさんは明治二十八年十月二十一日生れ。西暦一八九五年です。父は大正九（一九二〇）年愛知県立医学専門学校を卒業しています。二十五歳の時です。しかし長女笑美子は大正七（一九一八）年、次女婦美子は大正九（一九二〇）年一月五日に生れておりますが、二人の出生届が出されたのは、婚姻届と同時の大正十一年九月二十七日のことなのです。さらに驚くことには、この届は帯広の役場に、大正十一年四月二十七日に帯広で生れた長男義雄の出生届と同時に出されていることです。父は学生時代に結婚という制度下に入らぬま丶、子供二人を持っていたということだけではなかったのです。

物心ついてから母から聞いた話なのですが、そよさんには父の子供を生む前にすでに二人の子持ちだったというのです。泉鏡花の小説を読んでいると、十七八歳で二人の子持ちで貧しい生活をしている女の人が出てきたりしますが、父の青年時代にもあったことなのでした。母は父を悪く脚色はしないでしょうが、そよさんへのそれはありえます。そよさんは若くして下宿業を営んでいて、二人の子持ち。大いに訳ありですね。そこへ下宿人として父は住んだ。二人は結合した。子供が二人も生れた。そのようなことなのです。

父は卒業と同時に母校の眼科医局に入局しますが、二年もたつかたたないかのうちに、北海道の十勝清水町の医院に赴任します。教授の親戚のやっている所へ手伝いに行ってほしいとのことだったと言いますが、父は率先して出向いたのだと思います。これまでの成り行きから、多額の借財を抱えていたに違いありません。学生時代から今でいうアルバイトに励み、そこで臨床経験をつみ、十勝清水でも一所懸命働き、少しでも借金の返済に努力したのでしょう。もう十勝清水に足をおろしたときから、母校のある名古屋に戻るつもりはなかったのでないでしょうか。

帯広では、先に書いた長男義雄の他、大正十四（一九二五）年三女富美子、昭和二（一九二七）年二男和雄が生れております。これまでは家庭の不和の様子はみられません。たゞ帯広で大きな不幸な出来事が起こります。そよさんの不注意のためといわれる火災により、医院が全焼してしまったのです。ここでまた医院を再建する資金もなかったのでしょう、一家は北見に移住します。まだ野付牛《のっけうし》と呼ばれていた時代と思いますが、屯田兵制度が廃止された時、軍医をやっていた父の長兄鶴彦がそこで医院を開業していたのです。父は兄の医院で働き始めました。失火の責任問題だけが原因ではないのでしょうが、家庭がうまくゆかなくなってきていたようです。

そのような時に、私の母となる坂元八重が登場します。坂元八重は大正六（一九一七）年十二月二十五日、北海道足寄郡陸別村字ポントシュベツ原野西三線十九番地で出生します。和人はアイヌ語地名を漢字に置き換え表記してその土地を自分たちの文化圏に組み入れますが、原野のような所はその必要もなくアイヌ語表記のまゝになっております。いまもアイヌ語表記の土地は人の住まぬ所です。なぜ母の出生地が、そのような人も住まぬ辺鄙な地かと申しますと、母の家は坂元組という名で土建業を営んでおり、道内の鉄道敷設事業にたずさわってあちこち移動して歩いていたからです。おそらく母の生れた時は、今はもうなくなった池北線の工事中だったのでしょう。池北線は十勝の池田町とハッカで有名な北見をつなぐ路線でした。それで母は小学校は転校ばかりしておちついて教育は受けられなかったのです。母の本籍は北海道勇払郡追分町字追分番外地。その前の祖父、父をたどると夕張郡登川村字清水澤番外地。千歳郡恵庭村大字漁村六番地。坂元組は祖父母の代から北海道を転々としていたようです。母からは坂元は東北の出だと聞いておりましたが、農家の二男坊、三男坊がいきなり北海道に渡ってきて土建業をやれるとは思われませんし、ましてや素人が簡単に仁義を切れるものではないですよね。

母の最終学歴が小学校卒であることは、私が小学生の頃から知っておりました。当時、学校では家庭の情況を調査することが行なわれており、その調査票に両親の最終学歴を書く欄がありました。それで母にどうする？　と尋ねますと、和裁学校だったか、洋裁学校だったか、その学校名を記入しておいてとの返事でした。お互い少しは気にしていたのでしょうが、低学歴の母をそれ程はずかしくは思っていなかったように思います。このような調査は今ではとても考えられないことですね。母は、私は独学でしっかり勉強しているわ、という自負心があったのか、生いたちに対してちっとも卑屈な感じを表すことはありませんでした。家に集ってくる客人とは積極的に話をし、父よりずっと社交的でした。

話を坂元組に戻します。

坂元組には男の子が生れませんでした。それも一人っ子のつねさんだけ。それで番頭さんを婿に迎えてつねさんに所帯を持たせて生れたのが、私の母八重です。所がつねさんは悪い人です。愛人を作って遁走してしまうのです。そんなこんなで坂元組は破綻。八重は北見で旅館業を営んでいた親戚に引取られ、そこで大きくなります。十五六になって八重は料亭に働きに出ていたようです。芸妓として宴席に出ていたのでしょう。父、文雄は一滴も酒を呑まない人で、母、八重も酒は駄目な人ですが、そこで父は母に求愛したのです。父、四十歳。母、八重十八歳の頃と思います。多分、父は若い時のような本能の求めるままの行動ではなく、人生をやり直す相手として、年齢差の大きな少女のような人を求め、母は少しでも安定した生活を求めて二十二歳も上の男性との生活に同意したのでしょう。

父は新しく網走で眼科医院を開業します。私が生れたのは昭和十三（一九三八）年四月一日。戸籍は三月三十一日になっています。両親は四月一日は遅生れと思い一日早く届けていたのです。

父は網走では文化活動にたずさわっていたようで、オペラ歌手藤原義江の膝の上に私がおとなしく座っている集合写真が残っています。舞踏家邦正美の公演も行っておりました。当時の網走はにぎわっていたようです。モヨロ貝塚の発見によって広くオホーツク文化の存在を世に知らしめた米村喜男衛さんとも交流があり、理容業を営みながら研究に打ち込んでいる米村さんをよく賞讃しておりました。この記述は帯広で父から聞いた話によるものも含まれます。網走における父は、元気いっぱい活躍していたようです。家庭のごたごたはまるでなかったかのように。

そよさんと子供たちは東京へ移り住みます。たゞ次女婦美子に抱かれて嵩眼科医院の前で写した私の写真が残っておりますので、年齢は母が三歳上だけですが、姉とは仲よく暮らしていたのでしょう。母が私を生んだのは二十歳の時と思います。父は四十三歳。

昭和十六（一九四一）年父は早々と網走の眼科医院を閉めて、帯広の島田病院の勤務医となります。その時姉は東京へ引上げたようです。失火して帯広を引上げなくてはならなかった印象の決してよくない土地だったのでしょうが、私はやはり親友夏樹さんが帯広の近くの豊頃村十弗《とうふつ》（現豊頃町）にいたことが引力となっていたような気がします。二人はよく行き来しておりました。私と父が「馬耳東風荘」と名付けられた夏樹さんの家を訪れると夏樹さんは鶏を一羽首を刎ねて殺すのですが、頚のない鶏が庭中を走りまわる光景は、私の詩集のどこかに書いたような気がして、調べてみました。ありました。『倒立する古い長靴のための緻密な系統図』の中の「歯磨とパジャマ」にしっかりと書いてありました。

祖母は帯広の家にたまに一人で遊びにくることがありました。その頃は寡婦になっていて、さびしく母の育った北見の旅館で暮らしていたのだと思います。母は自分を置きざりにして愛人とずらかった人なのですから、うらみつらみはあったのでしょうが、平静にごく普通に接しておりました。その祖母が時々私に仁義を切って見せてくれるのです。飯場を渡り歩いている勇み肌のお兄いさんが、つねさん一人の時に訪ねて来たときは、自分が仁義を切って対応をしたのだそうです。型のいなせさと口上の切れのよさでしょうか。別世界の仕来たりを不思議な気持で眺めておりました。これはどうも母のいない時に限っていたような気がするのですが。

私の記憶ある父は、帯広に来て国民学校に入学した頃からのものでしょうか。敗戦の時、父五十歳、母二十八歳。私は国民学校の二年生でした。世の中が落着いてくると、父は軟式テニスを再開し、音楽活動も再開しました。父はピアノを少し弾きましたが、それよりも音楽好きの人たちを我が家に集め、「ビーナス・アンサンブル」という弦楽四重奏団を作り演奏活動を支援することが喜びだったようです。その他の時間はもっぱら英書の読書に費やしておりました。父の蔵書は日本語の本より、洋書の方が多かったです。辞書を引いている姿の記憶はありませんから、語学力は相当だったのだと思います。多分、家庭がいかなる情況におかれていようとも、父は洋書は手放すことなく読書に励んできたのでしょう。たゞ父は文章を書くことは手紙以外になかったと思います。父の文学好きは、ほとんど英米文学に限られており、それも読書によって入力はするのですが、普通の文学好きの人と違って自己表現を文字でする出力欲の全くない、不思議な人でした。ひょっとしてものは書かないという、断念が父にはあったのかもしれません。私の手元にある父の残していった唯一の印刷物は「血中ヴィタミンB2含有量と瀰蔓性表層角膜炎との関係に就て」という医学雑誌にのせた論文だけです。父が、いちばん楽しかったのは、佐藤夏樹さんと話すことだったのではないでしょうか。夏樹さんは母方の姓を継いで竹田夏樹になっておりましたが、父はいつも「佐藤」「佐藤」と言っておりました。

草森紳一と私は、帯広柏葉高校の一年と三年のときに同級でした。彼はよく遅刻をしてきました。当時は今と違って生徒数が多くて教室にびっしり机と椅子が入っていたように思うのですが、草森は堂々と教壇のすぐ前の狭いスペースを少しも悪びれずに大股でのしてくるのです。さすがに注意する先生もなかにはおりましたが、ほとんど黙認状態でした。あまりの勇姿に先生がたはひるんでしまっていたのかもしれません。彼としては教室のうしろからこそこそと泥棒猫の腰つきで入ってくるわけには行かなかったのです。遅刻という事実は、こそこそでも堂々でも変わりありませんし、他の生徒の気を散らすのもどちらでも同じとなると、卑屈にはなれなかったのです。彼は、つまらない授業があると、いつの間にか姿を消しています。あとから知ったのですが、映画を観に行っていたのだそうです。私なんかは草森と違ってずるんぼで当時「アルバイトをする」と称していたと思うのですが、他の受験科目の勉強をやっておりました。これもあとから知ったのですが、卒業の可否の判定のとき、出席時間が足りないことが大問題となり、否とする強硬な先生を担任の阿部重廣先生がなんとか説き伏せてくれてやっと卒業できたのだそうです。阿部先生は私の小学校時代の体育の先生でした。白いぴちっとしたズボン姿で鉄棒で色々技を見せてくれるのですが、お尻の線が美しすぎてどうも男性美よりミサンドリー、男嫌いを感じていたのでなかったのかしら？　なんて今になって思っています。でも、この心理の根元には優美な男性性へのやきもちがあるのかもしれませんね。阿部先生は独学で哲学を学び、校長になって定年退職後、帯広高等看護学院で哲学を教えておられました。その先生に草森紳一は助けられ、一浪して慶応大学中国文学科に進学するのです。高校時代の草森はほとんどクラスメイトと話をしていなかったようです。私の席も教壇のすぐ前で列は一列離れているだけでしたが、彼とは会話した記憶がありません。

草森紳一と知り合いになったのは、仕事の関係で私が帯広厚生病院内科に一九七四（昭和四九）年四月に赴任してからのことです。それは医師免許証取得後十年目、まだまだ医師としては未熟な若者でした。当時、髪を長くしてジーパンを穿いて歩いているのは私くらいでした。ものすごく変った医者だと思われていたことでしょう。仕事だけはまともにやっていたつもりですが。

一九六〇（昭和三五年）年北大医学部学生四人を中心に文芸同人誌『あすとら』を創刊したのですが、一九六四（昭和三九）年に医師になって入った科も違いあちこち転勤もして歩かねばならず、学生時代のような活動ができなくなりました。当時は医局制度は健在で、医局の命令であれば、どんな僻村にも出張で一年は行っておりましたから、封建的医局制度のおかげで、無医村問題も表面化しないで済んでいたのです。世の中の仕組みは面白いもので、その「悪の権化」の医局制度を解体しようとすればするほど、地方病院の医師不足や無医村問題が顕在化いたしました。そんなことで私もあちこち地方の病院を歩きました。『あすとら』のほうですが、丁度幸いなことに青森の同人誌『北狄』に所属していた二人の女性が全く偶然に夫君の転勤で帯広に住むことになり、『あすとら』の同人になってくれておりましたので、帯広に拠点を移しておりました。その一人の同人の夫君が帯広厚生病院の院長でした。医師不足の話を聞いておりましたので、大学の医局と話し合って了解を取り、私が帯広厚生病院に赴任したのです。さそった仲間も二人来てくれましたので心強かったです。詩を書いても力が乗っていい仕事ができました。

帯広柏葉高校の同級生で十勝の自然保護運動、登山と写真で名前の知られた男に及川裕がいます。彼とはずっと中高つづけて友達だったのですが、営林局をやめて繁華街で喫茶店「川」を開店し、帯広のささやかな文化の発信地になっておりました。彼は『あすとら』の同人になっていたのですが、文章は書かずもっぱらネパールなどの山岳写真を載せておりました。その及川裕の「川」へたまたまふるさと音更町にしばしば帰郷するようになっていた草森紳一が偶然コーヒーを飲みに入って来て、互いの顔を見合って、あれよあれよと帰省のたびにコーヒーよりも原稿書きに現れるようになっていて、そこへ私が加わるようになったのです。草森紳一の帰省の回数が増えたのは、卒中をやってねたきりになっている御母堂のことも、御父君もだんだん年老いていかれるので、気がかりになることが多くなったこともその理由になっていたのでしょう。先に御母堂が亡くなり、御父君が一九八九（昭和六四）年逝去してからはとたんに帰省することが無くなりました。

草森紳一とは彼の帰省するたび「川」でおしゃべりをしたり、時には本人は「農民画家」と呼ばれるのを嫌っていた鹿追の神田日勝を世に出すことに尽力し、後に鹿追町立神田日勝記念美術館の初代館長となる『あすとら』同人、画家・詩人の米山将治も加わって、まことに下手な麻雀に興じておりました。草森紳一は東京で名人と呼ばれる人たちと勝負していたのは知っておりましたが、草森の麻雀はいくら御世辞を使ってもうまいとは言えないものでした。草森紳一は「千夏別荘の猫」（『随筆「散歩で三歩」コンパクトカメラの新冒険』所収）というエッセイのなかで、自分の麻雀はヘボと言っています。自分は十年ばかり麻雀に凝っていて、火がついたように熱中するがわざとやっているとも言える、風水思想という中国の考えでは、自分は水の性分にあるので火によって沸騰させないとならないから、自分は時々怒るのだと言っています。名人の中で自分から怒る草森紳一を演出していたようなのですね。所が私たちの麻雀はヘボ同士、草森もあるがま丶のヘボでよかったのです。だから私たちの麻雀では彼は突発沸騰はしませんでした。彼には演出不要の麻雀は物足りぬものだったのかしら?

そう言えば彼はそのエッセイでこうも言っておりました。麻雀は人生の擬態、宇宙の擬態として作られたものであるので、それは戯画としての修業である、戯画の完成のためには真剣に怒らないとならない、とヘボの辛さをなげいています。彼らしいですね。そんな私たちとの麻雀をつまらないような顔ではしていなかったから、たとえれば、気の合った女友達同士、スッピンで何も妍を競わなくてもと、おしゃべりに興じていて楽しい、といった所なのでしょうか。

草森紳一は我が家に来て妻と三人で話すこともしばしばありました。よく飽きないで話していたものです。私は草森より酒に弱いので、おしゃべりしているうちにそこらへんにねころがって寝てしまうことがあるのですが、草森は「僕に子供がいると思ってくれていいよ」とある時言ったのだそうです。が、妻はずっと私に話さないで隠匿してくれていたのです。子供があると思って、つまり草森紳一を「父」と知ってつき合うより、ずっと一人身なのだと思って、あ、身軽な男なんだと思って付き合うほうがこっちの気が楽で済んだはずです。お互い父親同士なんだというのはマイナスの連帯のような気がします。彼が亡くなってからはじめて妻が草森紳一に子供がいるといっていたことがあったと知らせてくれて幸せでした。いくら平穏な家庭でも親子のしがらみは生ずるものだから、父親同士と思わずに過してこられたのはよかったです。

彼が亡くなってから知ったことですが、『本の読み方』という二〇〇九年八月に河出書房新社から出た本の表紙のカバーに娘の笑子さんがや、灰色の壁面からななめ横向きに立って本を読んでいる写真を使っているのです。彼にはしっかり父親の自覚があったのですね。全然気がつかなかった私が鈍なのか、ずっと隠しおおせた草森が上手だったのか。そりゃあ草森紳一の勝ちに決まっています。笑子さんの服装は、鍔の短い麦藁帽子風の夏帽子、ノースリーブの白黒縦縞の涼しそうなツーピースかな。そして熱心に本を読んでいる風。かわいいな、という親の気持ちがでています。

三十余年にわたる草森紳一との交友のなかでいちばん楽しかったのは彼がしょっちゅう帰省していた頃でした。皆、元気になりましたもの。文化の運び手でもあったのですね。

彼に会うと実にみんな生き生きしていたものです。

彼が帰省してつき合うメンバーは二つに分けられておりました。

文章の修業をしているデザイナーと私は出合うことは一、二度以外はなかったと思いますが草森は彼をつれて蝶を追いかけに行ったり、日高山脈から流れ出る清流歴舟川に砂金掬いに行ったりしてかなり行動を共にしていました。そちらにも及川裕は参加しておりました。私がバックアップしていた若い画家にも草森紳一は力を貸してくれて、彼の個展に合せて作った薄い冊子に実にいい文章を書いてくれました。互いのグループが混じり合わないように付合っていたのは、草森紳一の独特の配慮があってのことだったのでしょう。理由は考えもしなかったのですけれど。草森は私がやきもちを焼くとは思ってもいなかったでしょうし、私もそんなふうにはちっとも考えませんでした。

男のやきもちは女のやきもちよりひどい、とよく言われます。実際私も躁鬱病の物書きの人のそれの被害を受けて参ったことがありました。あの時はサバイバルナイフを脇に置いた畳部屋に呼び出されたのでした。彼の女弟子に私が手を出したと妄想してのことだったのですが、私にはその気はまったくありませんでした。私はコケティッシュな女の人は苦手なのです。どうも私の本質には女嫌い（ミソジニー）があるのではないかと思っています。

そんなことでやましい所は一つもなく、ビビリませんでした。サバイバルナイフを小道具に使うなんてのはきっと躁になった物書きの一大演出だったのですね。彼はどうも私の書いているものにもやきもちを焼いていたようなのです。私にもしやきもち焼きの傾向はあったとしてもきわめての二乗三乗つきで薄弱だと思います。

ある時、草森紳一と大倉舜二と三人でトルコ旅行のツアーに参加したのですが、彼等二人はある雑誌社の取材旅行もかねての参加でしたから、二人別行動を取ることがありましたが、そのような時、大倉舜二が私が二人にやきもちを焼くのではないかという気遣いをみせる時があって悲しくなりました。彼はそのような気くばりの人なのでしょうが、悲しくなったのはそのような男に私が見られたことのためでした。草森紳一はそのとき一言ものを言いませんでした。きっと嵩はそんなことで嫉妬する男でないよと思っていてくれていたと思います。いらぬ気くばりをするのはいけないですね。そんなこともあった十八日間のトルコツアーは思い出深いものでした。本当はマチュピチュに行く予定で、ツアーに応募したのですが、人数が集らず中止になったのでした。あの時はかなり前から私はNHKラジオのスペイン語講座を聴いて勉強していたのです。

詩画集『明日の王』のことをお話ししておかなくてはなりませんね。大略は初めの所で書きましたが、もう少し詳しく説明いたします。ＮＤＡ画廊の長谷川洋行さんは昨年（二〇一六年）交通事故が原因で亡くなりました。夫人で版画家の森ヒロコさんもその後亡くなってしまわれましたが、一九八二年当時はお二人共元気で活躍の最中でした。長谷川洋行さんの本心が版画を森ヒロコさんにさせたかったのはそれとなく伝わって来ていたのですが、私は片山健さんを指名いたしました。草森紳一に第二詩集『倒立する古い長靴のための緻密な系統図』（一九七八年刊）の装幀者をさがしてくれるよう頼みましたら、片山健さんに決めてくれ、それから片山さんの出している画集を見てすっかりファンになっていたからです。片山健さんは初めてリトグラフに挑戦してくださり、大変な苦労をされました。一九八二年三月二十三日、札幌のＮＤＡ画廊で詩画集『明日の王』出版記念パーティが開かれました。片山健さんは羽田空港から帯広に空路で入りました。丁度、草森紳一が帰省していて、音更町木野にある彼の書庫「任梟盧《にんきょうろ》」でおしゃべりしたり、三人で糠平湖にある温泉に一泊してきたりしました。「任梟盧」は建築家山下和正さんの設計で、白い壁の美しいほそ長い建物でしたから上に十字架を立てると教会に見えたことでしょう。細密な設計図は地元の大工さんは読めないとのことで、東京から若い建築士が張りついて大工さんたちに指示を与えておりました。内部の壁面が書棚になっており、中央は吹き抜けになっていて、そこに階段がついています。まるでエッシャーの空間のようでした。当時さかんに雑誌に取り上げられた話題の建築でした。今でいうと、藤森照信さんのタンポポハウスのような人気でした。『草森紳一が、いた。』に山下和正さんの書かれている文章によると、設計依頼が草森紳一から来たのは一九七五年十二月後半、着工は一九七七年五月初旬頃、同年七月中旬頃にはほゞ完成したようだとあります。「子供達が不思議がるような変った建物にしたい」という草森紳一の希望にかなった「任梟盧」ができ上りました。私の所の子供たちは、当時を思い出して、実に楽しかったと言っています。エッシャー空間を勝手気儘に動きまわり、すみっこで漫画本を読んだり（本を読むのは必然的にすみっこになってしまう）よく親も好きにさせていたと驚いています。もし落ちたらたゞではすまない高さです。草森もあれしちゃだめ、この本にさわっちゃだめ、とか全然言いませんでしたし。任梟盧の由来は、草森紳一が若い時に『現代詩手帖』に二度に分けて長期連載し、未完のまゝに終っていたものが彼が亡くなってから『李賀　垂翅の客』となって二〇一三年刊行されたのですが、その李賀（呼び名は長吉《ちょうきつ》）の詩「示弟」にある「抛擲任梟盧」（投げた骰子の目に任すほかはないだろう）によります。長く不在にしていた実家に戻ってきた李賀が弟に自分の不遇を語る詩です。梟盧はサイコロを意味するそうです。で、「任梟盧」は

「サイコロ任せ」となります。

草森紳一の書庫「任梟盧」の新築祝いに私は砂澤ビッキに頼んで彫ってもらった古代トンボのように大きな彫刻をプレゼントしました。ビッキ夫妻はアトリエのあった音威子府《おといねっぷ》の筬島《おさしま》からはるばる音更まで運んできてくれました。夜はもちろん任梟盧で宴会です。これも楽しいひとときでした。

今年（二〇一七年）九月、帯広で友人坂田雅義の開窯四十周年記念陶芸展が開かれました。彼は北海道で修業したあと福井県に渡り、越前窯でさらに修業した変り者です。北海道から越前に勉強にゆく人って聞いたことがありません。ここは勅使河原宏も仕事をした所ですから、人を引きつけるトポスなのですね。越前市を中心としたこの辺り、福井市とは違った雰囲気の文化圏のようなのです。

私の帯広柏葉高校の一年先輩に坂田博義さんという人がいます。学生時代から作歌をしていた有能な人で、卒業後歌誌『辛夷』に入会しています（草森紳一もここに短歌を発表していたことがあるのです）。一九五七年立命館大学に入学、めきめき頭角をあらわします。しかし六〇年安保に関わり傷つきます。いま私たちは彼の作品を一九七四年出版の『坂田博義歌集』（塔発行所）で読むことができます。このかたの弟さんが坂田雅義です。そんなわけで、米山将治さんにたのんで草森紳一の弟さんの英二さんと連絡を取ってもらい、帯広を離れてからはじめて「任梟盧」を開けてもらい中に入りました。私が帯広を離れたのは一九九六（平成八）年のことですから、一昔前になりますね。時の流れ相応に外壁はくすみ、木製の窓枠は痛んで雨が書庫の内部にしみ込んで本を傷めている所もあり、辛かったです。たゞ砂澤ビッキの巨大トンボは主人のいない書庫をしっかり守っているように堂々と壁に掛かっておりました。それからビッキの木面も一個、箱に入って良い保存状態でありました。及川裕の「川」でビッキの木面展を開いた時、草森紳一が木面を買ってくれていたのですね。それをすっかり忘れておりました。箱には「悸面」と書かれておりました。ビッキは木面に「キ」のつく漢字をランダムにつけておりました。「鬼面」「樹面」「季面」など。（砂澤ビッキと呼び捨てにしていますが、尊敬はしているのです。「さん」をつけると、全然違う人になってしまうみたいで呼び捨てにさせてもらいました。砂澤ビッキはとにかくスケールのでかいアーティストでした。確実にヤマトをこえています。民族の違いが歴然と出ている仕事をした人でした。）

糖平湖の温泉にいった話に戻します。

糖平湖はダムを作ったためにできた人造湖で、今は鉄道も廃線になっていますが、コンクリート製の橋梁部がだんだん風化していっていて、そこに味わいを見い出して写真家にとって人気のスポットになっている、タウシュベツ川橋梁。当時はまだ士幌線は健在で、ジーゼルカーが走っており、車中お酒でまっ赤な顔ではればったい私と、お酒をのまない片山さんはしらふの顔で居眠りしている二人を撮った写真が草森紳一の『コンパクトカメラの大冒険』（一九八九年）に載っております。はずかしい。これを見ても彼のコンパクトカメラ歴は相当年季が入っているのが分ります。草森は札幌へは行きませんでした。片山さんは千歳空港から東京へ戻りました。帯広で『明日の王』を草森紳一には見せておりません。ということは、私が帯広に戻った時は、東京に帰ってしまっていたということになります。

今回、実に不思議なことが分りました。草森紳一が『明日の王』の詩十篇の評釈に用いているテキストが本来のテキストとは異なり、所どころ詩の行頭が何字分か下げられているものなのです。詩画集に入っているものは私の書いた原稿通りの正規のものですが、どこで誰が異稿を作ってしまったかが全く謎なのです。異なるのはそこだけで、詩の文言には異同はありません。これは本当にミステリーです。

もし草森紳一が私に連絡してテキストを入手して詩の論考を始めると、常に嵩文彦を意識していなくてはならず、ひょっとするとひそかに書き上げてびっくりさせようという意図もあって（その可能性は少いと思いますが）、どこかに手を廻して本来のものと違うテキストを入手してしまったのかもしれません。

それから、草森紳一は片山健さんのリトグラフについて一言もふれておりません。片山さんを私に紹介してくれた本人が片山さんの作品に全く言及していないのは、やはり詩画集『明日の王』には手を触れていないということでしょう。

詩画集『明日の王』の詩十篇には草森紳一の一連の考察で分るように、父と子の関係に重点を置いている詩が多いのですが、父・文雄と子・文彦の間には志賀直哉の場合のような父―子の軋轢や葛藤はないのです。父は明治生れの男としてはリベラルな人でしたし、私も父と母の苦悩の人生をそれなりに理解していたからでしょう。それではなぜそのようなテーマで詩を書いたかというと、生物体・生命体の父と子の関係は人類の普遍的な難題、すなわち人類が「家庭」という安全装置を絶対必要としている以上、それは必然的に生じざるを得ない問題だということだからなのです。実質的家庭問題でいうと母・八重、子・文彦、文彦の妻。簡単に言うと嫁―姑関係が重大だったのです。これも人類の避けられない難問題ですが、私には父―子の問題ほど構造上は難しい考察は要らないように思えます。

問題の「構造上は」という限定詞をつけての上なのですが。実際にそれの解決の難かしさは、父―子の関係どころではないわけですけれど。形而上の考察が必要とするのはもっぱら父―子。後者は形而下的なもののように見えてなりません。

母、八重はあるとき私を自分の部屋に呼んで「離婚しなさい」と言ったのです。私は即座にそれはできない、と母と別居するむねを伝えました。私が父から学んだ、いちばんのことは、家庭を複雑には絶対しないということでしたから、時間をかけて考慮する必要は全くなかったのです。

札幌で一人暮しを始めた母は、もともとの社交性を発揮して沢山の友人を作りました。ギタリスト、沢山の画家、演劇関係者、砂澤ビッキとも親しくなっておりました。面白いことにNDA画廊の長谷川洋行さんとは私より先に知り合いになっていたのです。母はギターを習いはじめました。絵も始めました。

活発に活動している母を見て、そんなことならもっと早く一人ぐらしをさせるべきだった、一人ぐらしは淋しいだろうなどと考えていたのは間違いだったと思いました。私はどうも母の生い立ちを可哀相と常日頃思いすぎていて、かえって彼女の行動力を阻害していたことが、それで分りました。母は「離婚しなさい」と言ったとき、文彦は自分を取ると自信をもって考えていたのでしょう。母を大事にしたのは、愛情というよりも母の半生を気の毒に思う同情心からでした。母はそれを誤解していたのだと思います。母とのことでは、本当に優柔不断になってしまいました。長い間しなくてもよい苦労を妻にはさせてすまなかったと「後の祭り」で思っています。草森紳一とは家庭のことは一度も話したことはありませんし、相談もしませんでした。

丁度、それは粗末な病院の借上げ住宅から病院で新築した住宅への転居が決っていた時でした。その機に母は札幌に移り一人住いを始め、私たちは親子五人での新しい生活が始まったのでした。草森紳一がわが家に来ておしゃべりを楽しむようになったのは、新築の家に転居してからでした。トラ猫タンゲ君が登場するのも、こちらに移ってからのことです。トラ猫タンゲ君は片山健さんも興味をもっていて下さり、のちに名作絵本『タンゲくん』となって福音館書店から発行されます。『明日の王』から十年後のことだったと思います。草森にとっても、母のいる友達の家はあずましくなかったのでしょう。「あずましい」は北海道弁で「気持がよい」。「あずましくない」は「ゆっくりしない」の意味ですが、共通語では表現できない独特のニュアンスがあります。不思議なことに麻雀で集まっていたのは古い家の時で、新しい家になってからは、麻雀では集まらなくなり、草森とのおしゃべりが多くなりました。めったに詩の話にはならないのですが、ある時、「自我のベルト」の中の「君は嘗て肥溜に落ちた少年ではなかったか／君はからくも救助された運の良い一人の少年だった／空っ穴運のない男だっているのだ／君は運はいいんだぞ」というフレーズの話になって、草森紳一は自分のことを書かれていると思ったのだそうです。彼がみずから自分が肥溜に落ちたと言わない限り、私がそんなエピソードを知るわけはないはずなのに、てっきり自分のことだと思ってしまうというのは、よほどそれがトラウマになっていたからでしょう。なんだか私まで肥溜に落ちてしまったことがあるような気にもなって来たのでした。肥溜の表面は乾くと土の表面と同じ色になりますから、時々落ちる子供が出来し、運の悪い子は命を失うことがあったのです。この詩集の中に「少年」という詩がありますが、「草森紳一兄へ」と献辞がついているのに、今になって読むとどうして献辞をつけたのか記憶がよみがえりません。「少年は見詰められている自分を感知した。森を絶対の棲家とする端然たるものに凝視されているのを識っていた。それは次の瞬間、闇を透かして垣間見た、母の肢体よりも美しく森へ姿を消すであろうことも。」の最後の所だけは強く印象に残っているのですが。この詩のことは話題には登りませんでした。肥溜のことは草森紳一にとっては生涯忘れられない事件だったのです。のちの処理、処置のことを考えたら、とうてい忘れられないエピソードであることには間違いありません。

父嵩文雄は誠実な人だったたと思います。嘘は言ったことはない人でした。責任はしっかり取って生きた人だと思います。しかし悔恨は心奥の燠火となったまま生涯を終えざるをえなかった……父・文雄、母・八重、子・文彦の三人と比べ妻そよさん、私の異母兄姉五人がすべて幸せに生涯を送れたかというとそうは言えないと思います。たとえば次兄は旧制中学を卒業後、代用教員をしたり警視庁の巡査になったりしたあと、大学に入りました。よけいとも思える廻り道をするのは、頭の中を重いものが経巡っていたからに違いありません。おそらく、いくら学資など援助はされても、沖縄で戦死した長兄も「父は自分たちを捨てた」という苦渋を胸に深く抱え込んで、それに耐えつつ生きていたのだと思います。

次兄については、はっきりと記憶が残っております。代用教員をしていた帯広の隣町の兄の下宿先にあそびに行っているのです。その家の前に自噴している池があり、砂が絶えず池の底で踊っていたのを今でも覚えています。それから私が何か儀礼上いけない言動をしたらしく、兄から注意を受けたことも覚えています。兄は旧制帯広中学（現帯広柏葉高校）を卒業していますが、同居はしていませんでした。下宿生活だったのでしょう。

兄は帯広中学の同窓会があったといって古い病院住宅に住んでいた時、訪ねて来てくれたことがありました。母も兄とはその時会っています。それが兄との最後の出会いでした。なお兄は一九九四(平成六)年十二月十五日に亡くなっています。行年六十七歳です。もったいない年齢です。私の記憶にある唯一の同胞が亡くなりました(これは二〇一五年刊の帯広柏葉高校同窓会会員名簿で知りました)。

父の生地は現在新宮市に入っている三輪崎、紀伊本線でゆくと新宮の一駅和歌山市寄りになります。万葉集に「苦しくもふりくる雨か神《みわ》の崎狭野《さの》の渡りにいへもあらなくに」(長忌寸奥麻呂《ながのいみきおきまろ》)――「せつなく降ってくる雨よ。三輪崎の佐野の渡し場に雨をしのげる家もないことなのに」という辺鄙な所でした。新宮は明治政府が捏造した大逆事件で刑死したドクトル大石誠之助の出た所です。彼を悼んで佐藤春夫の詠んだ逆説の詩「愚者の死」で新宮は「うべさかしかる商人《あきんど》の町」(いかにも賢い商人の町)と表現されているように熊野の材木で栄えた商業の中心地でした。父の家はその三輪崎で代々漢方医をやっておりました。西洋医学になったのは祖父玄碩《げんせき》からです。恰幅のよい美男子として一枚の写真に残っています。いかにも医者らしく。長男は先に述べたように屯田兵の軍医、二男は仙台の医学校の教員、三男文雄は医者にならなければ学資は出さないと言われ、早稲田大学の英文科進学をあきらめ、愛知県立医学専門学校(現名古屋大学医学部)に進学します。しかし結局、三輪崎の医院は祖父の代で終りになりました。長男、三男は北海道から戻ってくる気がなく、次兄は病死していますので、医院の継続をあきらめたのかもしれません。

私が進路を決めるべく両親と相談しましたとき、私は慶応大学の国文科に進みたかったのですが、父はとにかく医者になっておけ、文学は趣味でやればよいではないか、と言いました。私はそれに反対して文学部にゆく自信が持てませんでしたので、十分納得した上で一浪して北大に入りました。そこには全く父―子の葛藤はありません。医学部に入っても解剖学などには全く勉学の意欲は沸かず、入学と同時に始めた俳句に力を注ぎました。当時、北海道新聞の読者投句欄の選者に、新興俳句弾圧事件で二年間投獄されていたことのある細谷源二さんがおりましたので、そこへ投句しておりました。私の変った句をよく採って下さっておりました。二年間の基礎医学が終り、臨床医学が始まりましたら、やっと医学を学ぶ気力が出てきて先行きも明るくなり、文芸同人誌『あすとら』を始めることになるのです。あの頃は合評会をやるたびに大喧嘩になるのです。さすが暴力沙汰にはなりませんでしたが。

私が草森紳一の亡くなったのを知ったのは二〇〇八年三月。まだ肌寒い早咲きの桜がほんのちらほらの道南の松前町の公園で、携帯電話に入った東京の知人からでした。しかし、おちつかぬ屋外で、しかも携帯電話で受けた草森紳一の死は、かけがえのない親友がこの世からいなくなったのだという実感を全く私には与えませんでした。友の死に茫然として何も考えられなくなったのとは違います。精神が発動しない無感動状態に入っていったのです。それがだんだん時間がたってくると、悲しみよりも、いらいらして腹立たしいような、わけの分らない気持に変りました。何もする気がなくなりました。机に向う気にもならず、しばらく無為に過しました。少しづつ気分は落着いてきましたが、とても東京の追悼の集りには行けず、東海晴美さんから何度か連絡をいただいたのですが、『草森紳一が、いた。』にも文章は書けませんでした。書くという行為が私と草森紳一の関係を汚してしまうような、うまく説明はできないのですが、書くことが亡くなってしまった草森紳一と私とをますます遠ざけるような気がしたのです。私に「死んだ草森を独占したい」という気持があったのかもしれません。

今回、こうやって草森紳一の遺稿が見つかって色々作業をしておりますと、身近かな所に草森紳一を感じました。夜遅く机に向っておりますと背後から私の作業を眺めているような、それは決して臨死体験者のいうように天井の上のほうから草森紳一が私を見おろしているのではなく、すぐうしろに立って背中ごしに見てくれているような気になりました。

それは多分草森紳一の「とわの不在」とやっと親和できたということなのでしょう。やがて私もたしかに「とわの不在」に旅立つわけですし。草森紳一はこう言っていたのかもしれません。「しばらく会っていなかったけれど、どうしているかと思ったら、俺の書き終えていない原稿を見つけ出して苦労しているじゃないの。なんで俺が原稿を途中で中断してしまったかは、今度会った時にくわしく話しするね。」

草森紳一は『明日の王』の詩十篇の評釈を終えるに当って、「とうとう私たち／海に出てしまう／プカリプカリ夕焼の海に漂い出る台所／とても気持いいみたい」という『台所という宇宙』からの一節を引いてきて、こうしめくくります。

ここでいう「私たち」とは、「台所」と「私」のことである。どのようにこのあと、新たなる新冒険シリーズを総括してみせるか、読者として、友人として、わくわくと気持をたかぶらせて待っているのである。そのあとに、もう一つ、かならず山がくる。私は、楽しみに待っている。

私は、彼が一九九〇年から一九九三年の間にこう言ってくれているのを露知らず、一九九三（平成五）年に出版した『青空の深い井戸』を最後に詩を書くのをやめてしまうのです。それは私が帯広厚生病院を五十八歳でやめて札幌に転居してきた一九九六（平成八）年のことでした。そして俳句に転じました。草森紳一は、何でそんなもったいないことをするんだ、と思っていたかもしれません。私も、もし彼がこのような論考を私の詩にしてくれていたのを知っていたら、これを励みに詩を続けていたかもしれません。詩を書いても、書いてもちっとも反応がなく、私の詩がはたして読まれているのか読まれていないかも分らず、すぐなんでも速決してしまう私の悪い癖で「現代詩は国民に望まれていない詩型である」と俳句の作者すなわち読者の数、一千万人〜二千万人に惑わされ、数の多さに引っぱられて行ったのです。はじめ細谷源二さんの俳句に惹かれて現代俳句を作っていたのですが、再び俳句に戻った時は、勉強は伝統俳句から始めました。もともと高校時代には芭蕉を読んでおりましたので、原点に戻ったのだとも言えますね。たゞ伝統俳句を学べば学ぶほど、現代日本で行なわれている伝統俳句というものに身をひたしていることができなくなり、鯉の滝登り、前衛俳句に向いました。

俳句に戻ったとき、すぐに千葉長樹《ちょうき》さん（実は私たちはチョウジュさん、チョウジュさんと仲間うちでは呼んでおりました）という前衛を紹介して下さったのが、工藤正廣さんです。千葉長樹さんは、千葉さんから見たら古めかしいに違いない私の句を評価して下さって、私が始めたリーフレット形式の一号一号タイトルを替えて、薄っぺらな句集として出しつづけた発表形式を全面的に支えて下さり、千葉長樹さんの出されていたアンソロジーにも誘っていただき、俳句も小評論も発表することができました。

　リーフレット形式の小句集は、最初のタイトルは「星芒」で、これは発行一九九七（平成九）年十月十日。次号からのタイトルは「堅塩《かたしほ》」「実朝」「四月」「乾坤」「白秋」「壷韻」「一白」「南窓」「むらぎも」「淡海《あふみ》」「生井《いくゐ》」「相聞」「日輪」「花桃」と続け最後は「複眼」で、発行は二〇〇一（平成一三）年九月二十五日でした。残念なことに千葉長樹さんは病魔に冒されてお亡くなりになりました。お世話になりっぱなしで、何もお返しができないうちに千葉長樹さんは亡くなられてしまわれました。それは千葉長樹さんだけではありません。お返しを何もしないうちに亡くなられたかたは何人も……私は多くの借りを背負っています。草森紳一にだってそうかもしれません。リーフレットの発行にあたっては、私は俳句およそ五十句とエッセイの原稿をお送りするだけ、それを千葉長樹さんはうまく三つに折りたたんで、封筒に入るように印刷して送ってきて下さっていたのです。リーフレットを出してからずっと札幌大学の山口昌男さんに送っていたのですが、会うとよく言われました。「嵩のエッセイは面白いが俳句はつまらんなぁ」と。たしかに齋藤愼爾さんと一緒に本を出されたりしている山口さんからみたら、つまらぬ句だったと思います。ただそれでも前衛の千葉長樹さんは評価して下さっておりましたから、それが励みになっていたのです。

これらの句をまとめて出版したのが『春の天文』なのですが、いつの間にかこの句集、私の手元から消え去っていて、発行年月日などは分らないのです。収めている句は、たしか全てリーフレットから集めたものだったはずです。私は「春の天文」という言葉がとても気に入っています。次に出版した句集は『臨床の夏』で、出版は二〇〇七（平成一九）年八月一日、奥付には発行所ぽえとりくす舎、発行者工藤ゆり子、発行所住所は小樽市春香町二八五―一〇と記されております。工藤正廣さんのお宅が火災で住めなくなり、大切な文献を焼失してしまった大きなショックから立ち直った工藤正廣さんが、愛娘ゆり子さんを舎主に立て、ぽえとりくす舎を始めた第一号出版物がこれだったのです。装丁はまるで句集らしくない、西欧風の瀟洒な作りです。私はとても気にいっている、大切な第二句集です。

そのあと、『若沖』（二〇一〇年）、『ランドルト環に春』（二〇一二年）、『天路歴程 2014』と句集を出しつづけ、本格的なハードカバーの句集は、未知谷から出した『ダリの釘』（二〇一五年）になります。
草森紳一が読んでくれていた句集は『臨床の夏』までです。草森は私が詩をやめたことには一言も言ってきませんでした。内心は詩を続ければよいのに、もったいない、と思っていたかもしれません。『台所の宇宙』のあと「どのようにこのあと、新たなる新冒険シリーズを総括してみせるか、読者として、友人として、わくわくと気持をたかぶらせて」くれていたのですから。草森紳一の期待に反してさっぱり冒険の起らないのが『青空の深い井戸』です。短い詩を書き写してみます。巻頭に置いた「一頭の馬」という題の詩です。

中空に浮かぶ都市は
ゆるやかに撓んでいる
やさしい風によって
明るい光によって
中空の都市は
一頭の馬を飼っている

やわらかに息づいて
しなやかに走って
馬は自分の内部に向って
絶えず語りかける
自己の存在に向って
私もしなやかな生きものとして
その都市に旅したいと思う
柔軟な一頭の馬に語りかける
真実の言葉を持って

こうやって今になって書き写してみると、本質は『明日の王』の書き方とちっとも変っていないな、と思います。ただ「冒険」は、全然なくなっている。もっと悪いことに表現に堪え性がなくなっています。以前でしたら絶対にまっ正直に「真実の言葉をもって」などとは書かなかったはずです。これは感性の劣化に他なりません。いったん詩から離れたのは今になって思うと正解でした。なお、当時この詩集にはある団体から賞を下さると言って来たのです。その場でお断りいたしました。今思ってもこの詩集では賞はいただけません。『青空の深い井戸』は草森紳一の期待を美事に裏切っています。でも、「そのあとに、もう一つ、かならず山がくる」。たしかに山は作れました。たゞ詩ではありません。俳句ではできたと思います。その成果が『ダリの釘』です。

三年前に、北海道医療新聞社の古参の編集者の方から、もう一度詩を書いてみませんか、調べごとができたので古い「北海道医療新聞」をめくっていたら実にいい詩を書いているではありませんか、もう一度どうですか、と原稿依頼の印刷物に書き添えられておりました。多分、わけのわからない私の俳句は困りものだったのかもしれません。へそ曲りの私のことですから、詩人からそう言われても詩には戻らなかったと思います。私は変な男です。詩をやめると決めたら、全ての私の書いた詩集を手離してしまったのです。詩誌を送って来て下さっているかたにはお断りの手紙を出しました。やることが徹底しています。あぶない性格です。兵隊になって戦場に出ていたりすると、ある時激情にかられて罪のない民衆に銃を乱射したりするかもしれないあやうさです。

あるかたから言われました。詩をやめようと思ったり自分の書いたものを身近に置きたくなくなったときは、家の床下にでも放っておきなさい、また詩を書きたくなったら床下に潜っていって拾ってくればいいのだから。

二十年近く全く詩を書くのを止めていたのに、詩人ではないかたから言われただけで、そうかな、それではまたやってみよう、全くどうかしていますよね。自分でもどうなっているんだろうと思いました。相当変です。

それから、以前どんな詩を書いていたのか確かめるのに手離した詩集は全て、「アマゾン」と「日本の古本屋」で買い集めました。さすが『明日の王』はインターネットには出ておりませんでした。『明日の王』の検索には、図書館学が専門の友人が協力してくれて帯広図書館が一冊持っているが、一般には公開していない、と知らせてくれました。私の全く知らないうちに高価な詩画集を購入してくれていたのですね。それでまた帯広の知人におねがいして、大判のとれるコピー機でコピーしたリトグラフを十葉、詩十篇ほかもろもろ送っていただきました。もし詩画集が見つからなかったらどうしよう、どんな詩を書いたのか分らなかったら、草森紳一の折角の原稿も本にできないし、とはらはらものでした。

俳句について言いますと、今回古い自分の詩集を読んで思いましたのは、詩の一行一行がそのまゝ俳句一句にできる、ということは、ほとんど詩的イメージの作り方には進歩がないということですね。これではいけません。がんばります。『ダリの釘』をこえなくてはなりませんから。詩のほうはいろいろ型にとらわれぬように書き方を変えてみています。いまは一篇一篇違いますが、やがて一つの方向性が出てくるのでしょうか。自分からはあまり意図的な操作は加えず、泳ぎたいように泳いでいってみます。

もう詩をやめよう、俳句をやめよう、などと言い出さないと思います。

黙々と本を読んでいて、なにかを書いて作品をこの世に残そうとは全く考えなかった一読書人、嵩文雄の姿を思い浮かべております。いつも静かに本に向っておりました。

書庫には母、坂元八重が一所懸命になって読んだ、古い色あせた文庫本が沢山残っています。ページを開いてみても、紙は古びているし、活字はみごとに小さくて、老眼の私にはとても読めません。捨てられずに置いてあります。

医業を離れて好きな文学だけの生活に入って三年七ヶ月。今はとても楽しい毎日です。草森紳一がいてくれたらなあ、と思います。子孫を残してしまった親父どうし、後期高齢者どうしでいいよね。

＊

草森紳一と私の文章をお読みいただいてありがとうございました。草森が存命でしたら、意味の取りずらい文章について彼の意図を確認できるのですが、それができないのがとても残念です。また、彼が私の書いている意図と異なった受けとりかたをして論を進めている所については、彼が生きていれば、二人で話し合うことが可能なのですが、それもできません。

「赤い血の少年たち」について言いますと、彼らは肥大するキャベツに捕縛されないようにするために逃げ廻り、早く頭蓋で卵殻を割るという通過儀礼（イニシエーション）を受けようとしているのですが、草森紳一は少年たちが「卵に当らぬ遊びを戯れ」ているとしています。これは一五〇頁の所にも出てきますが、はじめから彼の受け取ったように詩を書いても面白かったかな、と逆に思ったりもしています。「生殖器を勃起させ、精子を発射する青年」になるという結論は何の変哲もないことですが。一四一頁に〈嵩は、この自らの父を「地方病と規定したことがある。〉とありますが、私は全くこの話をした記憶がないのです。「地方病」は「風土病」と同じ意味で、ある限られた地方でしか見られない病気のことですが、一四二頁の夏樹さんの所でも出て来ます。これも彼にたしかめてみたい所でした。また、一六二頁の〈「私」を「男」に転換手術したのは、『明日の王』の後三篇のみだった〉このセンテンスの意味も把握できませんでした。『明日の王』ですと「後三冊」の詩集でしょうし、「明日の王」とすると「男」だけが「少年」をともなわずに登場するのは、10「スキップ・トリップ・トリップ」のみです。『台所の宇宙』以後の「私」はかつての詩の「私」とちがって日常生活者としての嵩文彦にきわめて近い「私」であり、「人類の中の男性の一般的・普遍的属性をもった」一人の「男」としての「私」とは大きく変っていったことは確かだと思います。詩の中の「男」も「少年」も「私」も、それはいずれも作者嵩文彦の分身でありますから、「私」を「男」に転換手術した、と明解には言えないように思えるのですが。何かよい解釈は可能でしょうか。

本当に彼がいてくれたらなあ、と思いました。

草森紳一の文章につけた注釈は私の責任によるものです。今回本書の出版に当っては沢山の知人友人の協力をいただきました。誠にありがとうございました。これからも命ある限り文学に邁進してゆこうと思っております。「魂の草森紳一」そんなことばをつぶやいてみたい気持です。

くさもり しんいち

1938年　北海道音更町にて生まれる
1956年　帯広柏葉高等学校卒業
1961年　慶應義塾大学文学部中国文学専攻科卒業
1964年　婦人画報社の編集者を経て、文筆家となる
2008年　東京門前仲町のマンションで心不全のため急逝

著書
『マンガ考』『ナンセンスの練習』『江戸のデザイン』（1973年毎日出版文化賞受賞）『狼藉集』『鳩を喰う少女』『子供の場所』『だが、虎は見える』『円の冒険』『歳三の写真』『絶対の宣伝ナチス・プロパガンダ』（全4巻）『素朴の大砲　画志アンリ・ルッソー』『見立て狂い』『あの猿を見よ　江戸佯狂伝』『随筆　散歩で三歩』『北狐の足跡 「書」という宇宙の大冒険』『食客風雲録』（中国編　日本編全2巻）『少年曹操』『荷風の永代橋』『随筆　本が崩れる』など生前に48冊、没後に『夢の展翅』『中国文化大革命の大宣伝』（全2巻）『李賀　垂翅の客』など17冊 が刊行

だけ ふみひこ

1938年　北海道網走にて生まれる
1956年　帯広柏葉高等学校卒業
1963年　北海道大学医学部医学科卒業
2014年　50年に及んだ医師生活から離れる

詩集
『サカムケの指に赤チンをぬる栄華にまさる楽しさ』『倒立する古い長靴のための緻密な系統図』『父』『「タイム」と言って電信柱に放尿すると、夢』『生きてゆくということのなつかしさ』『台所という宇宙』『青空の深い井戸』
詩画集
『明日の王』（版画 片山健）、『蒼空の繭』（版画 矢崎勝美）、『歩行する魚』（版画 石橋学）
句集
『春の天文』『臨床の夏』『若冲』『ランドルト環に春』『天路歴程 2014 』『ダリの釘』

トルコにて　草森紳一（左）と嵩文彦　撮影大倉舜二、1982年1月

「明日《あす》の王《おう》」詩《し》と評論《ひょうろん》

二〇一八年一月二十日初版印刷
二〇一八年二月十日初版発行

著者　草森紳一＋嵩文彦
発行者　飯島徹
発行所　未知谷
東京都千代田区神田猿楽町二 - 五 - 九
〒101-0064
Tel.03-5281-3751 / Fax.03-5281-3752
〔振替〕00130-4-653627

組版　柏木薫
印刷所　ディグ
製本所　難波製本

Publisher Michitani Co. Ltd.,Tokyo

Printed in Japan
ISBN978-4-89642-542-0　C0095